谯城文艺丛书

主编 李彬 张超凡

传唱的诗

谯城歌谣谚语

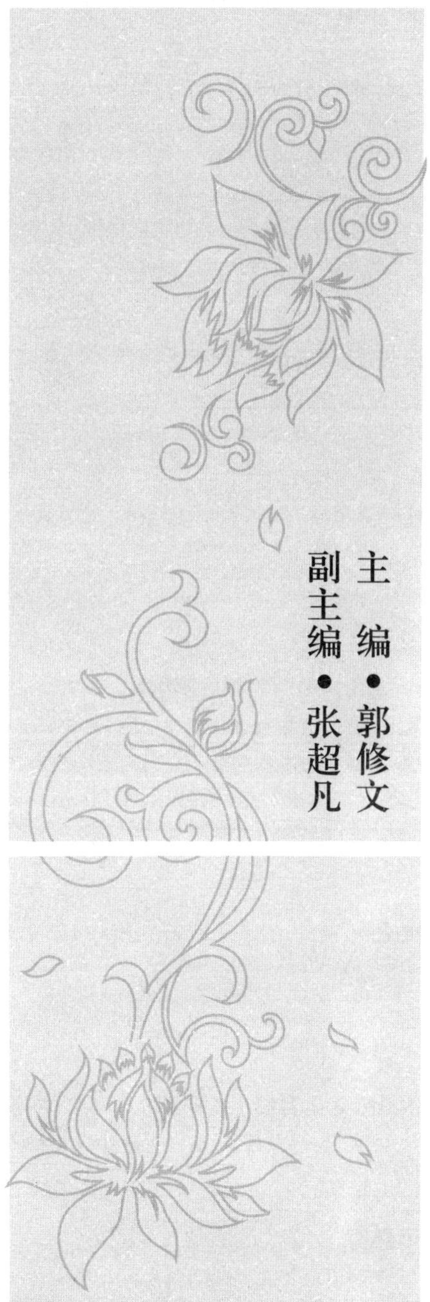

主编·郭修文
副主编·张超凡

中国文联出版社
http://www.clapnet.cn

图书在版编目（CIP）数据

传唱的诗：谯城歌谣谚语 / 郭修文主编．-- 北京：中国文联出版社，2017.9

ISBN 978－7－5190－3080－3

Ⅰ.①传… Ⅱ.①郭… Ⅲ.①民间歌谣—作品集—亳州市 Ⅳ.①I277.254.3

中国版本图书馆 CIP 数据核字（2017）第 235527 号

传唱的诗：谯城歌谣谚语

作　　者：郭修文

出 版 人：朱　庆
终 审 人：奚耀华　　复 审 人：蒋爱民
责任编辑：胡　笋　　责任校对：傅泉泽
封面设计：中联华文　　责任印制：陈　晨

出版发行：中国文联出版社
地　　址：北京市朝阳区农展馆南里 10 号，100125
电　　话：010－85923039（咨询）85923000（编务）85923020（邮购）
传　　真：010－85923000（总编室），010－85923020（发行部）
网　　址：http：//www.clapnet.cn　　http：//www.claplus.cn
E - mail：clap@clapnet.cn　　hus@clapnet.cn

印　　刷：三河市华东印刷有限公司
装　　订：三河市华东印刷有限公司
法律顾问：北京天驰君泰律师事务所徐波律师
本书如有破损、缺页、装订错误，请与本社联系调换

开　　本：710×1000　　1/16
字　　数：282 千字　　印　张：19
版　　次：2018 年 1 月第 1 版　　印　次：2018 年 1 月第 1 次印刷
书　　号：ISBN 978－7－5190－3080－3
定　　价：56.00 元

前　言

如果从“楚灭陈，下焦邑，筑谯城”算起，正是春秋五霸互露峥嵘的岁月，距今已有三千七百多年历史。

作为连接黄河与淮河的重要枢纽，涡河文化，参与了黄河文明对中华文化的缔造，涡河，无疑是华夏文明的摇篮之一。座落在涡河上的谯城，曾经三为国都——汤都亳，魏设都于谯，小明王“大宋”都亳；曾经历为重镇。谯、亳之名，多次转换。良风厚土，蕴育了文明，亦滋长了文学，从“八斗之才”曹植被奉为谯亳文学泰斗之后，才人辈出，不胜枚举，在华夏文学天宇上，星辉屡现，璀璨史书。

继承和发展，历来是文学艺术的叶脉；灿烂的文明，是火把，把薪火递下去，是传承。

在“十三五”开局之际，谯城区文联、区作家协会和各文艺团体，不甘平庸，以发展经济的急迫感，共同编辑了这套《谯城文艺丛书》，集中展现了谯城当代文学艺术界的阵容和成就，有选自新中国成立以来谯城著名老作家的散文，有当代谯城作家的担当用心之作；有书法绘画作品；有民间曲艺的茁壮身姿；有民间故事、歌谣吟唱的史诗；有民间的艺术积淀；有折射社会生活的摄影镜像……，这些作品，基调昂扬，主题鲜明，既有丰沛的艺术元素，又激荡着社会良俗的主旋律，是谯城文学艺术的佳作代表。

由于时间紧迫，编选工作未能尽善尽美，留有很多缺憾，或者存在一些失误，这些，都留给时间检验和方家批评吧。

编　者

2016 年 12 月

总目录

谯城歌谣

三、仪式歌谣

四、情歌

五、生活歌

六、历史歌谣

七、儿歌

八、其他歌谣

谯城谚语

四、社交类

五、生活类

六、自然类

七、生产类

谯城歌谣

目 录

三、仪式歌谣

四、情歌

五、生活歌

六、历史歌谣

七、儿歌

八、其他歌谣

前　言

（第一版）

一卷书稿，摆在案头——歌谣。二百三十首。亳州的。

情人的私语，童稚的歌唱，贫者的呻吟，反抗者的呼号，如淙淙流水，如悠扬管笛，如霜天冷月雁落长淮，如金戈铁马驰骋心头……

读着它，时喜，时怒，时哀，时乐；

读着它，或酸，或辣，或苦，或甜。

这是一部辉煌的史书：它告诉我们这块土地的过去和现在；

这是一部形象化的社会百科全书：政治的，经济的，文化的……

但，这毕竟是一部歌谣。

中国是一个诗的国度，从古到今产生了难以计数的作品和诗人。而劳动人民口头创作的歌谣，则开了我国诗歌创作的先河，成为绽放于诗国的一株奇花异卉，随着岁月的流逝，民间歌谣愈加显示出顽强的生命力。

不是吗？

古人击壤而歌，诗经三百，风靡千古；

汉置乐府，乐府诗久唱不衰。

二十世纪八十年代，神州赤县展开了空前规模的采风活动。我市广大民间文学工作者踊跃其中，在二千二百平方公里的土地上广征博采，继《亳州传说故事》《亳州谚语》面世之后，又将这本《歌谣集》奉献给读者。这实在是一项具有重大意义的工程。

也许是所处地理位置的关系，亳州歌谣没有大山的雄浑，也没有江河的奔放；也许是受文化心理层次的限制，这里的歌谣缺少“化外”的野味、浓烈的辣味。而这一特色于情歌中表现尤为突出。但是这本集子里绝不缺奇峰突起、酣畅淋漓之作，诸如惊心动魄的捻军歌谣。由此便构成了这部歌谣集绚丽多姿的风采。

名曰“集成”，实难集成。民间文学浩如烟海，真要集而成之，一本薄薄的小册子岂能胜任？唯可自慰的是，诗经三百，而我们从上千首歌谣中编选二百余首，似乎也可以塞责。入选的篇目大都健康可读，考虑到资料本的要求，也适当收入一点儿有一定局限或者格调不太高雅的作品，相信读者自会欣赏鉴别。

编选失当之处，敬乞赐教。

郭修文

1990 年 12 月

一、劳动歌谣

夯 歌

王廷彦 搜集

（一）领答式的夯歌

领 大伙两边排呀！
众 大夯拉起来呀！
领 大伙听清号哇！
众 一齐把夯捞呀！
领 号子落了音呀！
众 一齐把夯拎呀！
领 大夯腾空起呀！
众 落地千斤力呀！
领 大伙使亭劲呀！
众 把夯拉起来呀！
领 一夯一夯地打呀！
众 一夯一夯地排呀！
领 挨着往前打呀！
众 挨着往前排呀！
领 把夯要拉稳呀！

众 一齐绳拉紧呀！
领 夯夯要有力呀！
众 紧紧握绳披呀！
领 要把夯拉高哇！
众 大伙弯弯腰呀！
领 要把夯拉平呀！
众 都把绳拉亭呀！
领 夯要打到边呀！
众 直走不拐弯呀！
领 夯要打到角呀！
众 丝毫不能毛呀！
领 夯要排得匀呀！
众 夯夯要留神呀！
领 夯要打得准呀！
众 升空要平稳呀！
领 打夯要安全呀！
众 手眼不能闲呀！
领 手眼跟夯走呀！
众 可别闹着玩呀！
领 夯落千斤重呀！
众 失手不要命呀！
领 倘若砸了脚呀！
众 至少睡半月呀！
领 倘若砸着腿呀！
众 终身是残废呀！
领 大伙们呀！
众 加油干呀！
领 打罢这遍！
众 打那遍呀！

领　这里暄呀！
众　使劲掂呀！
领　夯不稳呀！
众　绳拉紧呀！
领　夯不平呀！
众　绠紧绳呀！
领　夯不起呀！
众　加力气呀！
领　夯发摇呀！
众　绳拉牢呀！
领　这边高呀！
众　加夯敲呀！
领　有一夯呀！
众　补两夯呀！
领　夯夯都打！
众　基地上呀！
领　一夯稠呀！
众　一夯稀呀！
领　打得不好！
众　白出力呀！
领　一夯轻呀！
众　一夯重呀！
领　打得不好！
众　没有用呀！
领　一夯里呀！
众　一夯外呀！
领　打得不齐！
众　质量赖呀！
领　打到头呀！

众　倒拉牛呀！
领　到终点呀！
众　把弯转呀！
领　倒回来呀！
众　再重排呀！
领　转过了弯呀！
众　倒回来头呀！
领　夯夯打得！
众　盖高楼呀！
领　盖高楼哇！
众　基要牢呀！
领　下不动来！
众　上不摇哇！
领　打罢一遍！
众　又一遍呀！
领　累得大伙！
众　一身汗呀！
领　号子打完！
众　够一歇啦！
领　歇歇喘喘！
众　接着干哪！
“停！”

（二）领唱式的夯歌

（预备）
大伙把夯——嗨好呀！
拉起来呀——嗨好呀！
一溜三夯——嗨好呀！
往前排呀——嗨好呀！

这夯倒比——嗨好呀！
那夯强呀——嗨好呀！
夯夯打得——嗨好呀！
有名堂呀——嗨好呀！
汉朝王莽——嗨好呀！
赶刘秀呀——嗨好呀！
赶得刘秀——嗨好呀！
走南阳呀——嗨好呀！
刘秀南阳——嗨好呀！
迷了路呀——嗨好呀！
遇见石人——嗨好呀！
在路旁呀——嗨好呀！
问他十声——嗨好呀！
九不语呀——嗨好呀！
气坏刘秀——嗨好呀！
汉小王呀——嗨好呀！
腰里抽出——嗨好呀！
龙泉剑呀——嗨好呀！
刀劈石人——嗨好呀！
两分张呀——嗨好呀！
石人肚里——嗨好呀！
两行字呀——嗨好呀！
行行写得——嗨好呀！
多清亮呀——嗨好呀！
大路通往——嗨好呀！
南阳地呀——嗨好呀！
小路直达——嗨好呀！
鬼仙庄呀——嗨好呀！
南阳地里——嗨好呀！

访马武呀——嗨好呀！
鬼仙庄上——嗨好呀！
访纪昌呀——嗨好呀！
纪昌马武——嗨好呀！
为大将呀——嗨好呀！
保着刘秀——嗨好呀！
建朝纲呀——嗨好呀！
刘秀后来——嗨好呀！
得了帝呀——嗨好呀！
斩了马武——嗨好呀！
斩纪昌呀——嗨好呀！
屈斩好将——嗨好呀！
不当紧呀——嗨好呀！
将星落地——嗨好呀！
天鼓响呀——嗨好呀！
玉皇大帝——嗨好呀！
传旨意呀——嗨好呀！
二十八宿——嗨好呀！
归天堂呀——嗨好呀！
这夯倒比——嗨好呀！
那夯成呀——嗨好呀！
夯夯打得——嗨好呀！
出英雄呀——嗨好呀！
英雄单表——嗨好呀！
哪一个呀——嗨好呀！
白马银枪——嗨好呀！
小罗成呀——嗨好呀！
罗成夜打——嗨好呀！
登州府呀——嗨好呀！

夜打登州——嗨好呀!
救秦琼呀——嗨好呀!
夯夯打来——嗨好呀!
夯夯重呀——嗨好呀!
夯夯里面——嗨好呀!
出巧能呀——嗨好呀!
二姐上楼——嗨好呀!
把话喊呀——嗨好呀!
叫声丫鬟——嗨好呀!
小春红呀——嗨好呀!
打开我的——嗨好呀!
描金柜呀——嗨好呀!
拿出五色——嗨好呀!
丝绒线呀——嗨好呀!
姑娘今天——嗨好呀!
没有事呀——嗨好呀!
闲来无事——嗨好呀!
绣花灯呀——嗨好呀!
一绣古人——嗨好呀!
刘伯温呀——嗨好呀!
二绣军师——嗨好呀!
徐茂公呀——嗨好呀!
三绣南阳——嗨好呀!
诸葛亮呀——嗨好呀!
四绣封神——嗨好呀!
姜太公呀——嗨好呀!
打一圈呀——嗨好呀!
够一歇呀——嗨好呀!
歇歇喘喘——嗨好呀!

吸袋烟呀——嗨好呀！
小烟袋呀——嗨好呀！
四两铜呀——嗨好呀！
出在东京——嗨好呀！
汴梁城呀——嗨好呀！
左边打的——嗨好呀！
龙戏水呀——嗨好呀！
右边镶的——嗨好呀！
水戏龙呀——嗨好呀！
戏来戏去——嗨好呀！
上天空呀——嗨好呀！
吸口烟来——嗨好呀！
喷口云呀——嗨好呀！
好像神仙——嗨好呀！
出洞门呀——嗨好呀！
吸罢烟啦——嗨好呀！
还得干呀——嗨好呀！
不怕出力——嗨好呀！
流大汗呀——嗨好呀！
打一遍呀——嗨好呀！
又一遍呀——嗨好呀！
接连三遍——嗨好呀！
夯着打呀——嗨好呀！
夯打好呀——嗨好呀！
地基牢呀——嗨好呀！
不干到底——嗨好呀！
不英豪呀——嗨好呀！
“停”——嗨好呀！

搬运歌

王廷彦 搜集

兄弟们哟，合起来哟。
轻了搬哟，重了抬哟。
不怕重哟，就怕单哟。
人多能够，推倒山哟。
不怕慢哟，就怕站哟。
长途就怕，有志汉哟。
不怕累哟，不怕脏哟。
英雄不怕，上战场哟。
号子响哟，心力齐哟。
齐心合力，大山移哟。

（赵学森口述）

木匠歌谣

王廷彦 搜集

木匠好学，
斜眼难凿。
木匠好干，
处处上线。
木匠好当，
砍平刨光。
木匠好活，
斧刨锯凿。

顾穷歌

王廷彦　搜集

揭不开锅，学打芦窝，
紧搓慢搓，能够吃喝。
无米无柴，学打草鞋，
只顾自己，难养娘爹。
无才无能，学打麻绳，
紧拧慢拧，眼下不穷。
编筐打篓，顾住两口，
不会锁沿，饿死老伴。

（讲唱人：蒋纪明，老工人，59 岁）

糊口歌

王廷　搜集

无才拉料，挑水抬轿。
不怕出力，不怕耻笑。
少吃无喝，推车赶脚。
养家糊口，米面不缺。

（赵学森口述）

二、时政歌谣

日崩落

易之 搜集

南有雀，[(1)]
北有鹅，[(2)]
金鸡叫，[(3)]
日崩落。[(4)]

注：（1）指美国。
（2）指苏联。
（3）指鸡年。
（4）日帝国投降。

（抗日前后流传苏鲁豫皖边区。讲述人：叶秀岭）

五色河

易之 搜集

西自鹿邑东至亳，[(1)]
中间有个五色河，[(2)]
五色河内安乐窝。

注：(1) 鹿邑，河南鹿邑县，亳，亳州。
(2) 指红河，青河，白河，黑河，黄河。

（抗日战争时期，流传亳州一带。讲述人：叶秀岭）

不过二三年

易之　搜集

身穿一裹严，
头顶小磨盘。
宣统做了帝，
不过二三年。

（流传地区：亳州一带
流传时间：民国初年
讲述人：叶秀岭）

咯咯吖

易之　搜集

咯咯吖，(1)
二百八，(2)
哪个鳖羔坐天下。(3)

注：(1) 指鸭绿江。
(2) 指清 280 年。
(3) 指袁世凯称帝。

（流传时间：民国前后
讲述人：叶秀岭）

抓壮丁

张超凡　搜集

奴在绣房扣花绒，
忽听门外狗咬声，
不知啥事情。
插上钢卡盘绒线，
眼望门外观分明，
小奴家吃一惊。
头里走的是保长，
后头是镇丁。
迈开大步进客厅，
二话不提要壮丁，
小奴家头发蒙。
上前一步跪溜平，
说给保长听分明，
求你开恩情。
你叫奴夫抓了去，
家里田地无人耕，
奴家甚年轻。
明天托人把地卖，
买个壮丁去顶兵。
你给镇长去报告，
就说此人正外行，
出门好几冬，
你看中不中？
保长镇长心肠狠，

把眼一瞪就抓人，
拉拉扯扯镇公所，
五花大绑送出征。

（流传在新中国成立前）

参加妇女会

张超凡　搜集

咱们妇女受痛苦，
怕公婆，怕丈夫，
大门不敢出。

妇女痛苦深，
不准出大门，
丈夫打又骂，
婆婆好狠心，
拿着儿媳妇
当成外边人，
天天问安也暖不了你的心。

自从来了共产党，
才叫俺妇女出家门，
从此做主人。

参加妇女会，
能说能讲又能对，
俺也能开会。

年轻小伙去当兵

段华　搜集

大柳树，青又青
年轻小伙去当兵。
去当兵，当兵好，
当兵要穿对襟袄。
对襟袄，五个扣，
当兵得吃肥猪肉。
肥猪肉，香又香，
当兵要挎盒子枪。
盒子枪，十个子，
啪啪打死日本鬼。

五卅惨案（苏武牧羊调）

李心清　搜集

天昏地惨沪江边，
英、日逞霸权，
惨杀我青年。
弹如雨、血如泉，
死尸奋空拳。
可怜小英豪，
誓死为同胞，
英国人，日本人，

罪恶比天高。
此仇不能报，
大恨怎得消？
尸横大道前，
此仇不共天。
野蛮大和魂，
疯狂不列颠，
同胞惨亡五月卅，民国十四年。
同胞坐监牢，
莫怕枪和炮，
努力打倒帝国主义，
收回租界绝邦交。

（讲述人：李吉安，男，83 岁，农民）

注：讲述者曾在高士读部下当兵学会此歌。“五卅惨案”发生时，此歌流传于全国各地。

抗日谣（二首）

陈真 搜集

（一）

日本鬼儿，
挨枪子儿，
想回国儿，
没有准儿，
坏事干尽，
就要死儿。

（二）

日本鬼儿，
喝凉水儿，
打水罐子掉了底儿，
丢盔撂甲赔了本儿！

抗日民谣

李绍义　搜集

小小日本鬼儿，
快快来送死儿，
送你回老家，
一人一个子儿。

抗日谣（三首）

李绍德　搜集

（一）

溜子集，溜子集，
溜子集河水真稀奇，
好人进去淹不死，
鬼子进去翻肚皮。

（二）

青秫秸，青秫秸，
打得鬼子直叫爹；
大杆杖，小杆杖，
敲得鬼子乱叫娘。

（三）

大坷垃，小坷垃，
砸得鬼子眼发花，
拉枪枪不响，
举刀劲头瓤。
布下坷垃阵，
鬼子发了昏，
丢了枪，去抱头，
屁股又挨一榔头。

打老蒋歌谣

李绍德　搜集

一二三，
到北关；
北关到，
扛洋炮；
洋炮响，
打老蒋；
老蒋一枪我一枪，
打得老蒋嗬唧唧！

长工叹（二首）

李绍义　搜集

（一）

进了财主门，
饭汤一大盆。
勺子搅三搅，
浪头打死人。
窝窝长了翅（菜叶馍），
饼子生了鳞（糁馍）。
使的碗不刷，
筷子拉嘴唇。

（二）

一天忙到晚，
三餐吃不饱。
夏天没小褂，
冬天没棉袄。

穷人面前三条路

李绍义　搜集

穷人面前三把刀：
租子重，利钱高，
苛捐杂税如牛毛。
穷人面前三条路：
逃跑、上吊、坐监牢。

农友去宣传

（民国时妇女会教）

张超凡　搜集

月亮渐渐高，
挂在杨树梢，
小佳人在洞房，
心中多烦恼。
（问）烦恼为什么？
想起奴的郎，
死得真冤枉，
日本鬼子撂炸弹，
炸在郎头上。
（问）你怎么不报仇？
再说去报仇，
脚小不能走。
（问）你怎么不死呢？
再说去投河，
上有两公婆，
三岁小婴儿，
交给哪一个？
（问）你想怎么样？
农友去宣传，
公婆领儿玩，
打不倒日本鬼，
永远不回还。

全家齐动员

张超凡　搜集

妮啦妮，等啦等，
山又高，路不平，
为娘小脚扭生疼。
大儿参军扛枪杆，
小儿参加儿童团，
闺女参加姊妹队，
媳妇儿参加妇联会，
老头参加勤生产，
老妈参加纺棉线，
全家齐动员。

穷人何处见青天

张超凡　搜集

受苦之人千千万，
终年劳动无饱饭。
富人官人权势大，
穷人何处见青天？

石磙不响就挨饿

张超凡　搜集

打完场，垛完垛，
石磙不响就挨饿。

丰年收景喝顿汤

张超凡　搜集

年年有灾年年荒，
丰年收景喝顿汤。

河里杂草上秤称

张超凡　搜集

正月树皮都吃净，
二月不见草发青。
百姓饿死无人埋，
河里杂草上秤称；
十七八的大闺女，
只换两个杂面饼。

（新中国成立前民谣）

到处百姓饿饥荒

张超凡 搜集

天惶惶，地惶惶，
国民党一来就遭殃。
官逼民乱狼烟起，
到处百姓饿饥荒。

中华民国十四年

张超凡 搜集

中华民国十四年，
狼烟遍地苦难言。
十家九户卖儿女，
平民百姓泪涟涟。

禁 烟

张超凡 搜集

年年禁烟年年种，
官府烟土好收成。
穷人收烟捐了去，
肥了官府害百姓。

农民闹饥荒

张超凡　搜集

夏收满囤粮，
秋后一扫光。
官绅逼粮款，
农民闹饥荒。

百姓大遭殃

张超凡　搜集

有粮给保长，
有儿送老蒋，
有钱送给官，
百姓大遭殃。

打跑鬼子保家乡

张超凡　搜集

新四军，彭师长，
谁提起来谁夸奖。
你种田，他帮忙，
你打麦子他来扬。
日本鬼子大扫荡，

抗战拿起刀和枪。
军民合作一条心，
打跑鬼子保家乡。

扒了黄河害人民

张超凡 搜集

蒋匪帮，心太狠，
扒了黄河害人民。
淹了五谷淹庄村，
鸡狗遭殃房无存。

吃猪肉屙猪油

张超凡 搜集

蒋孬二，住杨庄，
洋钱票子装满箱。

蒋孬二，肥肉头，
吃猪肉，屙猪油。

共产党像太阳

王廷 搜集

共产党，像太阳，
照到哪里哪里亮。

哪里有了共产党，
哪里人民得解放。
得解放，不一样，
又分田地又分粮。

八路军好作风

王廷　搜集

八路军，好作风，
认不出官，分不清兵；
见人和气如亲人，
大娘大伯喊不停；
不拿人家一针线，
临走把地扫干净。
俺问你们哪里去？
打倒敌人保百姓。

中国出了个毛泽东

王廷　搜集

东方红，太阳升，
中国出了个毛泽东，
他为人民谋幸福，
他是人民的大救星。
大救星，救百姓，
老蒋鬼子赶跑净。

将军刘伯承

易之 搜集

将军刘伯承，
人称一条龙。
善于打硬仗，
军中是英雄。

俺跟八路一起走

王廷 搜集

今也扭来明也扭，
一扭扭到十八九。
不用爹娘说婆家，
俺跟八路一起走。

注：扭：扭秧歌。

听话要听党的话

李绍义 搜集

戴花要戴大红花，
骑马要骑千里马，
唱歌要唱先进歌，
听话要听党的话。

什么藤结什么瓜

李绍义　搜集

什么藤结什么瓜，
什么树开什么花，
什么时代唱什么歌，
什么人儿说什么话。

电灯底下找对象

郭修文　搜集

广播响，
电灯亮，
电灯底下找对象。

（流传于20世纪50年代初）

憧憬未来

郭修文　搜集

电灯电话，
楼上楼下，
洋犁子洋耙。

（流行于20世纪50年代）

大呼隆出穷捣乱

李绍德　搜集

布谷鸟，点头笑，
日红半拉他才到。
马马虎虎算一晌，
评分他先自己报。
多评一分不言语，
少评半分他就闹。
说怪话，发牢骚，
道理成篇成大套。
做事不能经考验，
说话不怕人耻笑。
吃救济，打头炮，
没有他就到处告。
救济款，先挂号，
少给一点脸子撂。
评棉衣，袄甩掉，
有被子还说没有套。
挨黑一躺就睡觉，
瞪着俩眼听鸡叫。

地里野草一趟青

王廷彦　搜集

下地干活一窝蜂，
打着号子往前冲，
锄头点到地皮上，
每人工分一般同。
队长来到仔细看，
地上野草一趟青——
集体劳动大呼隆。

（反映合作社时大呼隆的现象）

小的也有一万八

郭玉琦　搜集

人的胆大产量高，
玉米长得穿云霄。
顺着梯子爬上去，
半月才到玉米腰。
回头再看花生地，
半个壳儿当船摇。
要问船上装的啥？
大个红芋载俩仨。
要问红芋有多重？
小的也有一万八。

（1958 年流传）

没见过红苕钻秫稞

何为 搜集

老头活了八十多，
没见过红苕钻秫稞。

仨月实现文化县

何为 搜集

腿跑断，眼熬烂，
仨月实现文化县。
哪个要说完不成，
开会叫你中间站，
斗得叫你光出汗。

（反映 1958 年吹大牛）

人有多大胆

郭玉琦 搜集

人有多大胆，
地有多高产。
不是不高产，
是人没有胆。
你报三千五（亩产），

他报四千三。
先说必落后，
后讲可领先。
要是不敢报，
挨批带丢脸。

就怕书记打电话

何为　搜集

天不怕，地不怕，
就怕书记打电话。
嗓门高，声音大，
十回倒有九回骂。
只有一回笑着说，
叫俺给他送西瓜。

（反映 1958 年个别农村干部强迫命令）

千万别提吃食堂

刘庆之　搜集

我的爹，我的娘，
千万别提吃食堂。
大人饿成浮肿病，
小孩饿得脸蜡黄。

食堂的馍洋火盒

王廷 搜集

小麻喳，尾巴乍，
爹拉犁子娘拉耙，
奶奶后边打坷垃。

奶奶奶奶别打啦，
食堂开饭咱回家。

食堂的馍洋火盒，
食堂的面条捞不着。
勺子扎个猛儿，
捞根红芋梗。

八月十五炸丸子

郭玉琦 搜集

涩拉秧，拉弦子，
八月十五炸丸子；
大人仨，小孩俩，
队长的老婆抓一把。

开　会

王廷　搜集

关上门儿开长会，
报告听得打瞌睡。

一二三四成大串，
听了后面忘前面。

上边开会好几天，
回来传达一袋烟。

从此断了老穷根

廷彦　搜集

责任制，到农村，
土生银子地生金，
农民拿了金钥匙，
开开富裕红大门，
从此断了老穷根。

三中全会好路线

廷彦　搜集

承包政策兑了现，
农村一年好几变，

草屋拆了盖瓦房，
不吃黑面吃白面，
三中全会好路线。

干得不好老婆吵

廷彦　搜集

大干部，小领导，
坐在屋里发号召；
不出力，不动脑，
一天到晚乱吵吵。
三中全会政策变，
下班就往家里跑：
又刨地，又拔草，
干得不好老婆吵。

三十亩地一头牛

郭修文　搜集

（一）
三十亩地一头牛，
半夜搂个剪发头。

（流传于新中国成立初期）

（二）
三十亩地一头牛，
老婆孩子热炕头。

（流传于20世纪80年代农村）

来碗带豆儿的

郭修文　搜集

脚蹬着锅底门子，
手捧着糊涂盆子。
喝一碗，盛一碗：
“妮儿她娘，来碗带豆儿的。”

（流传于20世纪80年代农村）

年代歌

马虹　搜集

五十年代全民炼钢，
六十年代全民度荒，
七十年代全民下乡，
八十年代全民经商。

气管炎

马虹　搜集

山外有山，天外有天，
男的当官，女的掌权。
此事千真万确，

绝非天方夜谭。
男的多惧内，
时兴气管炎（妻管严）。

车

马虹　搜集

（一）

地委车子两头平（轿车），
县委车子帆布棚（吉普），
区委车子 130（客货两用），
乡长骑个放屁虫（摩托），
社员车子铁条拧（自行车）。

（1984 年流传于淮北农村）

（二）

地委市委车子好，
不是丰田是蓝鸟；
县委车子也不差，
起码是个桑塔纳；
区委职务不算高，
坐个吉普还嫌孬；
乡里干部活现眼，
骑个电驴（摩托）乱转转。

（1988 年流传于淮北一带）

隔着玻璃看

马虹　搜集

坐上小车转一转，
隔着玻璃看一看。
吃的都是招待饭，
回来照补三块半。

（流传于淮北各地）

五　子

马虹　搜集

盯的是票子，
谋的是房子，
保的是位子，
为的是孩子，
坐车讲牌子。

（流传于 1995 年左右的淮北地区）

不送东西不办事

马虹　搜集

抽支烟儿，不管事，
喝顿酒儿管一阵儿，
不送东西不办事儿。

（流传于 1995 年左右的淮北地区）

车马炮

马虹 搜集

八点上班九点到，
一杯茶水一张报，
翻翻文件到午后，
吃了中饭车马炮。

（流传于 1995 年左右的淮北地区）

检查和参观

郭玉琦 搜集

检查和参观，
云游好几天；
喝的是好酒，
吸的是好烟；
到处好招待，
都是好经验；
工作小毛病，
当然要美言。

（流传于 1995 年左右的淮北地区）

肚里没有油

何为 搜集

肚里没有油，
去外游一游；
嘴里没有味儿，
大小开个会儿。

（流传于1995年左右的淮北地区）

反正都是公家钱

王廷 搜集

公款吃喝不费难，
只要主意出得全：
互学习，互参观，
检查评比传经验；
竣工贺，开业典，
土特产品请座谈；
上级到，下级攀，
提升调动作纪念；
为公事，说公办，
吃喝本是理当然；
事前吃，事后算，
结账再拿好酒烟；

讲排场，论大方，
反正都是公家钱。
（流传于 1995 年左右的淮北地区）

工作不会

王廷　搜集

跳舞不累，
来牌不睡，
喝酒不醉，
工作不会。
（反映某些年轻人）

几个领导一个兵

何为　搜集

几个领导一个兵，
谁的命令都要听。
这个叫俺搞通讯，
那个叫我查卫生。
一个领导一本经，
念得小兵头发蒙。
（反映“文化大革命”时某些单位领导意见不一）

落了几条化肥袋

何为　搜集

化肥要俺高价买，
粮食要俺低价卖，
居家一年忙到头，
落了几条化肥袋。

（流传于 1995 年左右的淮北地区）

头头多了事难办

何为　搜集

米少鸡多不下蛋，
婆婆多了难做饭。
上司多了踢皮球，
公文踢得团团转。
这个阅，那个看，
圈圈画了一大串。
下边等得一头汗，
头头多了事难办。

（流传于 1995 年左右的淮北地区）

赶

何为 搜集

计划赶不上变化，
变化赶不上电话，
电话赶不上大话，
大话赶不上物价。

（反映 1987 年到 1988 年的一些现象）

人和门

何为 搜集

一等人儿，
送上门儿；
二等人儿，
找上门儿；
三等人儿，
开后门儿；
四等人儿，
摸不着门儿。

（反映 1990 年左右购买紧缺物资的一些现象）

党的政策真不孬

郭修文　搜集

党的政策真不孬，
种田有补贴，
“皇粮”不再交——
政府往外掏腰包。

（流传于 2008 年左右的淮北地区）

吓得贪官乱扑通

郭修文　搜集

北京城，发号令，
惩治腐败紧紧绳；
打老虎，拍苍蝇，
吓得贪官乱扑通。

（流传于 2008 年左右的淮北地区）

三、仪式歌谣

十 学

段华 搜集

梨树开花遍满庄，
家家都有女娥皇，
十二三岁为闺女，
十五六岁入绣房。
一学描兰扣花朵，
二学拿剪裁衣裳，
三学纺棉织白布，
四学厨房去熬汤，
五学见人要施礼，
六学推磨李三娘，
七学吃斋黄善女，
八学长城女孟姜，
九学堂前多行善，
十学花轿来到门头上。
孩上轿，娘心慌，
不用婆家想爹娘。
到人家，要早起，
欢天喜地下厨房。

做熟饭，烧好汤，
手拿油盐慎着长。

小柳叶

李心清　搜集

小柳树，叶儿青，
十七八岁去当兵。
临行敬上几杯酒，
送给亲人表心情。
头杯酒，敬给娘，
儿去当兵娘心慌，
明年春暖花开了，
娘想儿来儿想娘。
二杯酒，敬给哥，
兄弟当兵哥做活，
兄弟走了不在家，
堂前行孝靠哥哥。
三杯酒，敬给嫂，
妯娌行里团结好，
弟妹年轻不懂事，
全凭嫂嫂多指教。
四杯酒，敬给妹，
和你嫂嫂同床睡，
没事你俩做针线，
可别惹事赶庙会。
五杯酒，敬给妻，
孝敬老人在家里，

你若听了我的话，
行走千里不忘你。
小柳树，叶儿青，
十七八岁去当兵，
一杯酒，一行泪，
千言万语说不清。

（口述人：刘凤霞，女，34 岁，农民，新中国成立前流传皖豫交界处）

撒床歌（一）

王廷彦　搜集

菜籽花，黄又黄，
新人请俺来撒床。
一把撒到床里边，
生个儿子是武官。
一把撒到床外边，
生个儿子中状元。
一把撒到床两头，
生个儿子做王侯。
一把撒到床当中，
儿女双全百事兴。
杆草节子迎面撒，
又喂骡子又喂马。
小心别掉尿罐里，
防备出个要饭的。
一把草，一把料，
撒得骡马咴咴叫。

撒床里，别怠慢，
十个月请吃红鸡蛋。

撒床歌（二）

张超凡　搜集

无事不进新人房，
新人请俺来撒床。
砖铺地，粉白墙，
八仙桌搁正当阳，
两把交椅并两旁。
叫秋菊，和海棠，
端起果盘俺撒床。
掀开门帘三尺长，
随手挂在金钩上。
一把撒得花富贵，
二把撒得玉满堂，
三把撒得儿成对，
四把撒得女成双，
五把撒五子登科，
六把撒得状元郎，
七把撒得七子团圆，
八把撒得娃娃卧莲，
九把撒得莲生贵子，
十把撒得好合百年。

颂房歌

王廷彦　搜集

纸媒芒，荧荧荧，
新人请俺来点灯。
点着金灯和银灯，
贺贺娘家好陪送。
陪送箱，陪送柜，
衣架盆架雕花卉。
八仙桌子衬双椅，
卷山条几中间配。
丝罗帐，缎子被，
满床枕头是一对。
枕头宽，枕头长，
枕头上边绣鸳鸯。
掀开床柜朝里望，
满箱满柜好衣裳。
冬有棉，夏有单，
还有夹衣春秋穿。
彩袖裙，颜色翠，
凤头花鞋十二对。
贺罢陪送看新娘，
新娘长得可不瓤，
杏子眼，高鼻梁，
樱桃小口衬中央；
瓜子脸，鼓腮帮，
两个酒窝分两旁；

中等个，白脸膛，
不胖不瘦富贵相。
看罢新娘俺就走，
屋里剩下小两口。
要说话，低低声，
防备外边有人听。
姑娘儿子是表弟，
舅家儿子是表兄。
不许恼，莫嗔声，
听房祝咱百事兴。
并蒂莲花爱结籽，
来年有个怄人精。
爹抱抱，娘揣揣，
奶奶喜得打歪歪。

点灯歌

张超凡　搜集

纸媒艺，绿荧荧，
新人请俺来点灯。
一点一龙灯，
二点二凤灯，
三点三彩灯，
四点四季灯，
五点五字白马跑船灯，
六点六字银海系银灯，
七点七巧灯，
八点八宝灯，

九点九莲灯，
十点十字月牙一字灯。
星照月，月照星，
灯里点，灯里红。
灯里搁个红头绳。
红头绳搁到柜沿上，
柜沿又搁正当中。
点上灯，俺就走，
屋里还剩小两口。
一个说话一个哼，
过年领个怄人精。
爹抱抱，娘揣揣，
奶奶喜得打歪歪。

上头歌

段华　搜集

无事不进新人楼，
新人请俺来上头。
先上金簪和银簪，
再上绒花照满头。
三上官粉净净面，
四上胭脂颜色鲜。
身穿石榴大红袄，
八幅罗裙系腰间。
叫干娘，架新郎。
把新郎架到天井院，
表兄表弟把红拴。

撒轿歌

陈真　搜集

花轿进门喜盈盈，
大门二门挂彩红；
红毡来铺地，
喜气满门庭。
五谷杂粮迎面撒，
又喂骡子又喂马；
五谷杂粮对脸扬，
又当家来又贤良；
一把栗子一把枣，
撒得小孩溜地跑；
一把栗子一把圆（桂圆），
撒得小孩溜地玩。

拜堂歌

郭修文　搜集

一拜天地，
二拜高堂，
夫妻对拜，
送入洞房。

四、情歌

白豌豆

张超凡 搜集

白豌豆，生白芽，
白学生，放白马，
一放放到丈人家。
大舅子扯，
二舅子拉，
拉拉扯扯到她家。
一家老小都见了，
咋没见到俺家她?
隔着房箔看见了：
银耳坠，黑头发，
茄色裤，蓝小褂，
红绣鞋，绿拽巴；
左手拿着镜子照，
右手又拿汗巾擦。
娘啊娘，咱娶吧，
今年娶个花媳妇儿，
明年生个胖娃娃。

木锨板

张超凡　搜集

木锨板，掂又掂，
俺娘给俺打银簪。
打了银簪不会别，
俺娘给俺做花鞋。
做的花鞋不可脚，
俺娘给俺撕裹脚。
撕条裹脚一丈长，
咯噔咯噔官道上。
官见了，心欢喜，
婆家见了就要娶。
别慌来，别忙来，
回家问问爹娘来。

惊动二爹娘

李心清　搜集

一更一点一炉香，
情郎来到大门上。
爹娘问妮儿什么响？
风吹门吊响叮当，
惊动了二爹娘。
二更二点二炉香，

情郎推门进绣房。
爹娘问妮儿什么响?
猫逮老鼠瞎慌张,
惊动二爹娘。
三更三点三炉香,
情郎来到牙床旁。
爹问妮儿什么响?
奴家翻身掖衣裳,
惊动了二爹娘。
四更四点四炉香,
情郎坐到床沿上。
爹问妮儿什么响?
奴家嘴苦漱冰糖,
惊动了二爹娘。
五更五点五炉香,
情郎离开转回乡。
爹问妮儿什么响?
奴家起来去茅房,
惊动了二爹娘。

(讲述人:陈翠兰,女,56 岁,农民)

送情郎

李德彬　李音　搜集

情郎出门要远行,
俺把郎君送一程。
送郎送到大门外,

郎君外出早回来。
逢五你就打封信，
免得奴家挂心怀。
送郎送到大门东，
老天刮起东北风。
寒风吹得周身冷，
俺送郎君暖烘烘。
刮风不如下雨好，
留郎再续夫妻情。

十　想

翟国民　李德彬　搜集

一想二爹娘，
爹娘无主张，
孩儿的亲事挂不到恁心上，
咋不打嫁妆？
二想奴公婆，
公婆有差错，
男大女也大，
咋不来娶我？
三想二媒人，
媒人好狠心，
两下的结亲，
全凭你二人，
咋不来问问？
四想奴的哥，

比奴大不多，
去年的三月，
就把头来磕，
夫妻多快活。
五想奴的嫂，
跟我一般高，
怀抱小侄儿，
对呀对面笑，
越想越心焦。
六想奴的妹，
比我小两岁，
今年的八月，
已把新郎配，
越想越掉泪。
七想奴的郎，
南学念文章，
天天去上学，
走过俺门上，
咋不来望望？
八想奴的房，
好像一庙堂，
清早起扫地，
晚上去烧香，
活像女和尚。
九想奴的床，
掀开罗帷帐，
光见鸳鸯枕，
不见奴的郎，
叫俺想得慌。

十想奴的命，
小奴命不强，
不胜我三头，
碰死南墙上，
早死见阎王。

小纺车

张超凡　搜集

小纺车，转金莲，
俺娘打俺不纺棉。
俺是河里浮萍草，
还能在家住几年？
住今年，有明年，
花轿来到咱门前。
绿裤腿，红带子缠，
呜哇呜哇上正南。
大嫂送俺一对鸽，
二嫂送俺一对鹅，
还有三嫂没啥送，
教俺打公骂婆婆。
公婆不是挨骂的，
没有公婆谁疼我？

拜　年

段华　搜集

大年五更头一天，
新女婿拜年真稀罕。
先喝茶，后吸烟，
然后再把饭菜端。
三碗鸡，四碗鱼，
添碗红肉够一席。
叫声相公你先吃，
你馋你吃那碗肉，
不馋你吃那碗鸡；
千万别吃那碗鱼，
以防鱼刺扎着你。

出嫁歌

张超凡　搜集

一天星星十二行，
妹妹出嫁要衣裳。
大哥陪送描金柜，
二哥陪送描金箱；
还有三哥没啥陪，
牵着骡马送妹妹。
妹妹妹妹啥时来？

鸡扎牙，狗成仙，
棒槌发芽石升天，
铁树开花那一年。

孟姜女送寒衣

李心清　搜集

正月里来正月正，
家家户户闹花灯，
人家夫妻团圆居，
孟姜女的丈夫造长城。
二月里来暖洋洋，
燕子双飞到南方，
新窝修得端端正，
对对成双在画梁。
三月里来是清明，
桃红柳绿百草青，
人家坟上添新土，
孟家的坟前冷清清。
四月里来养蚕忙，
孟姜女提篮去采桑，
桑篮挂在桑枝上，
想起丈夫痛断肠。
五月里来正收麦，
孟姜女收麦泪空垂，
人家地里耩黄豆，
孟姜女地里草成堆。
六月里来热难当，

蚊子飞来寸把长，
任凭吸奴千口血，
莫咬丈夫范喜良。
七月里来天渐凉，
家家裁布做衣裳，
花红柳绿都裁到，
孟姜女家中是空箱。
八月里来雁门开，
孤雁脚下捎书来，
闲人只说闲人话，
孟姜女寻夫苦哀哀。
九月里来九重阳，
重阳酒美菊花香，
人家夫妻同饮酒，
孟姜女路上好凄凉。
十月里来天气寒，
千里迢迢送衣衫，
人家丈夫穿得暖，
孟姜女丈夫衣裳单。
十一月里来雪花飞，
孟姜女长城送寒衣，
前面乌鸦来领路，
不知长城在哪里。
腊月里来过年忙，
家中撇下二爹娘，
去年辞岁人三口，
今年缺少女孟姜。

（口述人：李吉安，男，83 岁，农民）

骂五更

郭林宗　李音　搜集

一更里来呀，
月亮照正东，
小奴家在房中，
两眼泪盈盈，
骂了声蒋中正。
小奴十八岁，
我郎二九龄，
棒打俺鸳鸯，
夫妻各西东，
抓走奴相公。
二更里来呀，
月亮照窗前，
小奴家在房中，
两眼泪涟涟，
骂了声胡宗南。
掀开绣花被，
小奴独自眠，
鸳鸯枕空半边，
缺少郎陪伴，
叫俺好心酸。
三更里来呀，
敲了三更鼓，
小奴家在房中，
眼泪止不住，

骂了声陈参谋。
你个陈参谋，
不出好智谋，
抓走了俺的人，
叫俺天天哭，
你可真狠毒。
四更里来呀，
月亮照东墙，
小奴家在房中，
两眼泪汪汪，
骂了声狗保长。
抓走奴的郎，
叫俺守空房，
好比织女星，
隔河盼牛郎，
天河在中央。
五更里来呀，
鸡叫明了天，
小奴家在房中，
一夜没合眼，
看看鸳鸯枕，
湿了一大片，
实在好可怜。
今天这样盼，
明天这样盼，
不知到何时，
夫妻能团圆，
盼郎早回还。

五、生活歌

养女怨

张超凡　搜集

亲娘哩，亲大哩，
养个闺女好咋哩。
还要吃，还要喝，
临走陪送嫁妆多。
陪送多了人家看，
配送少了人家说。
养个闺女是条筋，
闺女长大白送人。
养个儿子是条根，
儿子长大能添坟。
轿来到，闺女走，
爹跺脚，娘拍手。
再养闺女是个狗。

（新中国成立前旧风俗造成的重男轻女民谣）

小烟杆

段华　搜集

小烟杆，一拃半，
受气的媳妇去做饭。
掂起刀来一条线，
掂起擀杖一大片，
下到锅里团团转。
爹一碗，娘一碗，
两个小叔两半碗，
案板底下藏一碗。
东院里大娘来点火，
一掀案板碗打翻。
公爹拿根赶牛鞭，
婆婆拿块半截砖，
打得儿媳叫皇天。

小女婿

李绍义　搜集

（一）

十八女儿九岁郎，
晚上抱郎上牙床。
不是公婆双双在，
你做儿来我做娘。

（二）

十八岁大姐周岁郎，
每天晚上抱上床，
睡到半夜要吃奶，
劈头盖脸几巴掌：
我是你的妻，
不是你的娘。

小火盆

段华　搜集

小火盆，侧棱角，
今年不胜年时咯。
年时咯跟爹娘过，
今年跟着老婆婆。
人家吃，人家喝，
咱在门外眼睁着。
清早喝碗剩糊涂，
晌午啃块干馍馍。

摔着孩子啥指望

段华　搜集

鸳鸯头上一撮毛，
童养媳妇真难熬。
爹嘞肉，娘嘞皮，

啥会儿能熬到拜天地？
拜了天地入洞房，
啥会儿能熬成小孩娘？
小孩爹会拉车，
小孩娘你坐上；
坐结实，坐稳当，
摔着孩子啥指望！

清明上坟雨纷纷

段华　搜集

清明上坟雨纷纷，
小寡妇哭新坟。
哭声天，哭声地，
哭声我那当家人。
早死三年没成亲，
晚死三年撇条根，
好不该不早不晚死，
单撇我一个孤寡人。

小寡妇哭坟

李音　搜集

起初九，盼初十，
拿起东来忘了西。
盼你盼得肝肠断，
盼你盼得眼睛酸。

肝肠断，不见面，
眼睛酸来是枉然，
我的哥哥我的天。
正月里，正月正，
家家户户挂红灯，
人家有灯郎去挂，
寡妇无郎不挂灯。
二月里，是春分，
小二姐房中泪纷纷，
你死只管好死去，
撇下为妻靠何人？
三月里，是清明，
家家户户都上坟，
左手拿着千张纸，
右手拉着小顽童。
四月里，养蚕忙，
家家户户去采桑，
人家有桑郎去采，
寡妇无郎不采桑。
五月里，五月节，
石榴开花共艾叶，
有心掐朵头上戴，
忽然想起孩儿他爹。
六月里，热难当，
家家户户晒衣裳，
人家有郎郎去晒，
寡妇无郎泪汪汪。
七月里，七月七，
天上牛郎共织女，

二人没干亏心事，
咋隔天河两岸里。
八月里，月正圆，
西瓜月饼敬老天，
人家有郎郎圆月，
寡妇无郎月不圆。
九月里，是重阳，
杜康造酒透瓶香，
人家有郎郎喝酒，
寡妇无郎酒不尝。
十月里，十月一，
家家户户换寒衣，
人家有郎郎来换，
寡妇无郎换给谁？
十一月，天气寒，
独自睡来独自眠。
伸腿不如蜷腿睡，
蜷腿还嫌盖得单。
十二月，整一年，
家家户户都拜年，
人家有郎郎来拜，
寡妇无郎把门关。

菠菜叶

郭修文　搜集

菠菜叶，溜地黄，
三生四岁没有娘。

跟着亲爹还好过，
就怕亲爹娶晚娘。
娶了晚娘三年整，
领个小弟叫孟郎。
孟郎吃稠俺喝汤，
孟郎吃米俺吃糠。
孟郎睡个顶子床，
俺睡孟郎脚踏上。
孟郎铺个花铺体，
俺铺一个破簸箕。
孟郎枕个花枕头，
俺枕一个烂砖头。
孟郎盖个花盖体，
俺盖一个黄狗皮。
哭声爹，哭声娘，
不该让儿来世上。
都是人生父母养，
为啥姐弟不一样？

（口述：高庆兰，女，45 岁，亳州市化肥厂工人，流传于亳州一带，1987 年搜集）

小公鸡挠草垛

张超凡　搜集

小公鸡，挠草垛，
亲娘死了不好过。
跟鸡睡，鸡叼我，

跟狗睡，狗咬我，
娶个晚娘搂着我。
又掐我，又拧我，
狠心的老婆不疼我。

采茶苦情

段华 搜集

正月里采茶正月里喝，
新娶的媳妇儿拜公婆，
大红衫子绿卷袖，
八幅子罗裙溜地拖。
二月里采茶二月里喝，
南乡里小燕来垒窝，
东梁飞到西梁上，
二梁顶上把脚落。
三月里采茶三月里喝，
小二姐抬头望燕窝，
人家两个多热合，
我的丈夫不疼我。
四月里采茶四月里喝，
家家户户喂蚕多。
蚕老不吃干桑叶，
采了这棵采那棵。
五月里采茶五月里喝，
五只龙船下江河。
人家欢喜过端午，

奴哩丈夫当衣去赌博。
六月里采茶六月里喝，
丈夫要我烙烙馍，
他在堂屋里扇扇子，
厨房里热死女娇娥。
七月里采茶七月里喝，
坑里菱角结得多。
小二姐河里捞菱角，
小小金莲泥里搓。
八月里采茶八月里喝，
地里的豆子黄了角，
南地里豆子刚下镰，
北地里豆子又该割。
九月里采茶九月里喝，
南乡里菊花开得多，
小二姐冲茶敬丈夫，
端杯捧盏郎先喝。
十月里采茶十月里喝，
霜打树叶往下落，
丈夫打罢小二姐，
又写休书休了我。
十一月采茶十一月喝，
飘飘雪花朝下落，
雪落还有溜平地，
哪是二姐我的窝？
腊月里采茶腊月里喝，
家家户户把年过，
树林里吊死小二姐，
世上少了草一棵。

小斑鸠

段华　搜集

小斑鸠，斑又斑，
一斑斑到西南山。
西南山有棵老槐树，
斑鸠要在上面住。
鸡也叼，狗也撵，
撵得斑鸠吩吩喘。
狗哥狗哥快停住，
那边正在娶媳妇。
娶的媳妇手儿巧，
两把剪子对着铰。
前头铰个牡丹花，
后头铰个灵芝草。
西瓜皮，铰个袄，
冬瓜皮，搭个袖，
茄子开花钉个扣。

（口述人：段管氏，50 岁）

鸡叨走狗撵上

段华　搜集

木锨板，掂又掂，
俺娘不给俺打银簪。
打喽银簪不会别，

俺娘不给俺做花鞋。
做了花鞋搁在鸡窝上，
鸡叨跑，狗撵上，
气得大姐哭一场。
大姐大姐你甭哭，
给你买个皮老虎，
白天给你拿着玩，
黑夜给你变马虎。

（唱述人：段管氏，50 岁）

碰花瓶

李彩虹　搜集

碰，碰，碰花瓶，
东屋里点灯西屋里明，
两个大姐织黄绫。
织的黄绫一丈八，
我给哥哥做双袜。
做双袜子绣只鹅，
扑扑棱棱飞过河。

二亩地兄弟仨

段华　搜集

我哩娘，我哩妈，
好不该把我送到潘老家。

两亩地，兄弟仨，
喂个老驴还双瞎，
嫁到他家咋过法？

一棵竹竿栽路边

段华 搜集

一棵竹竿栽路边，
张三砍来李四穿。
观音老母破篾子，
金童玉女编花篮。
若问花篮编多大？
能装四海九架山。

小公鸡叨白菜

段华 搜集

小公鸡，叨白菜，
姑父拉磨比驴快。
还省草，还省料，
还省青灰垫磨道，
面内不会有驴毛。

一把扇子俩酥梨

段华　搜集

一把扇子俩酥梨，
姐夫买了送小姨，
人家不说你甭提，
千万别说我买的。

二月二

段华　搜集

二月二，敲瓢衩，
十个老鼠九个瞎；
还有一个不瞎的，
跑进东头茅坑里。

笨老婆

段华　搜集

小小虫，溜地滚，
打着汉子去买粉。
买喽粉，不会搽，
打着汉子去买麻。
买喽麻，不会搓，

打着汉子去买锅。
买喽锅，不会做，
打着汉子去买布。
买了布，不会缝，
打着汉子去买铃。
买喽铃，不会摇，
打着汉子去买瓢。
买喽瓢，不会挖，
打着汉子去买马。
买了马，不会骑，
打着汉子去买驴。
买了驴，不会套，
掂着磨棍就上吊。

斥儿歌

李亚　搜集整理

小麻喳，尾巴长，
娶了媳妇不要娘，
把娘送到高山上，
他好在家把福享。
烙油饼，卷砂糖，
媳妇媳妇你先尝。
吃得好，喝得好，
哪想高山苦命的娘。
高山上，风儿凉，
冻病苦命遭罪的娘。

劳劳碌碌一辈子，
没想儿子丧天良。
将你生，将你养，
到头落得这一场。

（口述人：李王氏　农民，58 岁）

寻个女婿不成才

王廷彦　搜集

小槐树，槐树槐，
槐树底下搭戏台。
人家小姐都来了，
咱家小姐咋没来？
正说拉车去接她，
抱着孩子哭着来。
俺问小姐你哭啥？
寻个女婿不成才，
又掷骰子又抹牌。

恶媳妇

张超凡　搜集

东南楼下一棵槐，
老娘害病起不来。
媳妇骂一声老祸害，
还不如早死早自在。

小姑歌

张超凡　搜集

豌豆角，靠河沿，
俺哥接俺俺就来。
俺哥说：烧点茶，
俺嫂说：没柴火。
俺哥说：打点酒，
俺嫂说：钱没有。
不喝茶，不喝酒，
瞧瞧爹娘俺就走。
一走走到柳树行，
扳着柳树哭一场。
人家问俺哭什么？
俺叹娘家走不长。
到家里，
又杀猪，又宰羊，
把爹请到金桌上，
把娘请到银桌上，
把哥请到木桌上，
把嫂拴在驴槽上。
抓把青灰当香料，
问你个老婆可知道？

看豌豆

张超凡　搜集

一个大姐才十九，
她到南地看豌豆。
当中有棵麦黄杏，
脱了绣鞋就去投。
一投投住了斑鸠头，
两膀一抖上扬州。
从南来个老黄狗，
上去咬住大姐脚趾头。

一棵柳树八搂粗

张超凡　搜集

一棵柳树八搂粗，
顶上桑葚一迷糊；
犁地哩随手打一鞭，
落了一地红萝卜；
拿到家里刀切菜，
下到锅里是豆腐。
张三吃了李四饱，
王二撑得咧嘴哭。
你说俺诌俺就诌，
大年三十立了秋。

蜜蜂下了个四棱子蛋，
屎壳螂生个花牤牛。
一棵秫秫打八石，
秫秸又盖九座楼。

哪有闲心去瞧娘

张绳初　搜集

小麻喳，尾巴长，
闺女出嫁难瞧娘。
正月里捎信去瞧娘，
客来客去忙又忙。
二月里捎信去瞧娘，
扫蚕蚁，去采桑。
三月里捎信去瞧娘，
家家都拆棉衣裳。
四月里捎信去瞧娘，
大麦小麦都黄芒。
五月里捎信去瞧娘，
大麦小麦都上场。
六月里捎信去瞧娘，
端着鞋筐串树凉。
七月里捎信去瞧娘，
砍来青草喂牛羊。
八月里捎信去瞧娘，
地里豆子一片黄。
九月里捎信去瞧娘，

家家都套棉衣裳。
今也忙，明也忙，
哪有闲心去瞧娘？
地了场光去娘家，
听见哥嫂哭亲娘。

十二个月

李音　搜集

正月里，正月正，
白马银枪小罗成，
十一二岁登州打，
夜打登州救秦琼。
二月里，龙抬头，
孙膑下山骑青牛，
手使一对沉香拐，
他与庞涓结怨仇。
三月里，桃花红，
一杆银枪赵子龙，
长坂坡前救阿斗，
怀揣阿斗保太平。
四月里，麦梢黄，
翼德结拜关云长，
翼德赐给三通鼓，
擂鼓三通斩蔡阳。
五月里，五端阳，
刘秀十二走南阳，

岑彭马武保主驾，
二十八岁闯昆阳。
六月里，热难当，
高君宝催马下南唐，
力杀四门刘金定，
城头观兵赵云郎。
七月里，七月七，
纣王无道爱妲己，
贾氏夫人坠楼死，
黄飞虎一怒反西岐。
八月里，是中秋，
七郎八虎闯幽州，
狼山困住杨老将，
七郎搬兵没回头。
九月里，是重阳，
老包陈州去放粮，
四大国舅不行正，
米内掺沙命该亡。
十月里，立了冬，
唐僧西天去取经，
唐僧入了莲花洞，
大闹天宫孙悟空。
十一月，冷如冰，
李闯王带兵打北京，
崇祯吊死煤山上，
大明灭在李自成。
十二月，整一年，
姚刚跨马去征南，
两军阵上打一仗，

救下丫头胡金莲。
十三月，一年多，
孙二娘开店十字坡，
打满天下无敌手，
来了好汉武二哥。

八个大嫂都贤惠

陈真　搜集

小九姐，去打扮，
打扮起来真好看。
骑马走，备上鞍，
拿起鞭来一溜烟。
霎时来到娘家门，
大嫂出来拢住马，
二嫂忙着去接鞭，
三嫂慌忙让家坐，
四嫂打火按上烟，
五嫂忙着去烧茶，
六嫂忙着就去端，
七嫂做饭八嫂陪，
八个嫂子都贤惠。

十个大姐都有名

陈真　搜集

大小妮儿，小二妹儿，
小三顶针四耳坠；
小五鼓，小六锣，
小七闺女小八婆；
小九姑娘小十成，
十个大姐都有名。

一个大姐本姓王

陈真　搜集

一个大姐本姓王，
寻个女婿肯尿床。
一更尿湿红绫被，
二更尿湿象牙床，
三更床下发大水，
床前小鱼咯囔囔。
摸个鲇鱼呱哒嘴，
摸个葛亚扛着枪，
摸个鲫鱼木梳背，
摸个鲤鱼红脊梁，
最后摸住一个鳖，
咬住手指叫亲娘。

拍手歌

陈真　搜集

我拍皂荚一月一，
一个丸子一碗鸡。
我拍皂荚二月二，
二人和面包扁食。
我拍皂荚三月三，
吃完大馍吃枣山。
我拍皂荚四月四，
虾米粉条包包子。
我拍皂荚五月五，
糖糕粽子过端午。
我拍皂荚六月六，
木耳蘑菇炖猪肉。
我拍皂荚七月七，
糯米干饭蘸蜂蜜。
我拍皂荚八月八，
葱姜豆腐炖麻虾。
我拍皂荚九月九，
清吃山药和鲜藕。
我拍皂荚十月十，
俺俩来吃西红柿。
吃罢宴席吃水果，
撑死馋猫别怨我。

谁有余钱养爹娘

王廷　搜集

新社会，新国家，
各人挣钱各人花。
父母各有各的份儿，
谁有余钱养爹妈！

小锅铲

李彩红　搜集

小锅铲，铲又铲，
俺问爹娘有多远？
七里路，八里坡，
那边隔个苇子棵；
苇子棵里放大炮，
那边隔个奶奶庙；
奶奶庙里挑红旗，
那边隔个双沟集；
双沟集里拉大车，
车上坐个白大姐；
又穿绿，又穿红，
头上搽得亮又明。

儿多不如儿少好

易之　搜集

儿多不如儿少好，
儿多每每惹烦恼。
长大成人使心计，
不是挥拳便争吵；
乖伦常，无大小，
谁是谁非难分晓；
兄与弟，婶与嫂，
饭不做，地不扫，
抛米面，费柴草，
不如家业早分了。
分家业，争财宝，
尽嫌自己分得少。
白发苍苍老更难，
行扶杖，身欲倒，
朝食夕餐满门跑。
世上儿多恒如此，
儿多不如儿少好。

（讲述人：叶秀岭）

五怕歌

王廷彦 搜集

眼怕瞎，耳怕聋，
鼻子怕的不透风，
夫妻怕的不和谐，
老怕儿女不孝敬。

学吸烟

段华 搜集

不正混，学吸烟，
三间房子烧两间，
还有一间没烧的，
十八根檩子露着天。

老婆刚找好

段华 搜集

老婆刚找好，
彩礼要不少。
姑娘不咋样，
价钱倒不小。

我想亲娘在梦中

李绍义　搜集

松树枝，挂铃铛，
亲娘卖我到船上。
黄米饭，小鱼汤，
端起饭碗想亲娘。
搁下碗，上后舱，
哭了声哥，哭了声妹，
姐姐妹妹谁还想谁？
亲娘想我一阵风，
我想亲娘在梦中。

娘有病要吃黄酥梨

李绍义　搜集

小拐棍，拐棍低，
娘有病要吃黄酥梨。
“天有雨，地有泥，
哪里去买黄酥梨！”
咋恁巧媳妇生了病，
也是要吃黄酥梨。
“孩她妈，你别急，
我这就去买黄酥梨！”
打着伞，踏着泥，

东集没有赶西集。
三天赶了九个集，
买了一兜黄酥梨。
莫声张，莫削皮，
梨核扔到后院里。
别叫咱娘看见了，
咱娘看见生闲气。

不认爹和娘

何为 搜集

秋树叶，秋后黄，
农家孩子进学堂。
初中土，高中洋，
大学不认爹和娘，
爹娘伤心肠。

父母称老乡

何为 搜集

考进洋学堂，
不洋也学洋。
丢了家乡话，
说话撇洋腔。
家乡不认识，
父母称老乡。

老人咏叹调

郭修文　搜集

你说是主人吧，
说话不算；
你说是客人吧，
啥活都干；
你说是保姆吧，
分文不赚；
你说是志愿者吧，
无人点赞。

离妇辞

郭修文　搜集

三十不发，
四十不富；
一无“宝马”，
二无别墅。
人不能一棵树上吊死，
鸟占高枝，
自有梧桐树。

从东往西看

郭修文 搜集

从东往西看，
楼房连成片。
住一半，
闲一半。
年轻人外出打工，
老年人看家护院。

六、历史歌谣

舍了穷家找捻军

王廷彦　搜集

正月里，正月正，
正月十五闹花灯，
财主门前花灯挂，
穷人门前黑咚咚。
二月里，龙抬头，
青砖块块垒高楼，
财主高楼穷人盖，
穷人倒住茅草屋。
三月里，三月三，
五谷杂粮把家安，
财主屋里一声唤，
大领下地忙扛鞭。
四月里，四月八，
天下穷人是一家，
财主家中吃酒肉，
穷人逃荒走天涯。
五月里，五端阳，

大麦小麦都上场，
财主收租场边站，
我打短工下南乡。
六月里，热难当，
长工下地把心伤，
财主树下摇摇扇，
农夫锄地晒脊梁。
七月里，七月七，
天上牛郎会织女
财主妻妾好几个，
穷儿孤单难补衣。
八月里，是中秋，
月饼柿子共石榴，
财主团圆饮美酒，
穷人对月犯忧愁。
九月里，秋风凉，
庄稼进仓地里光，
财主粮米满仓囤，
穷人眼中泪汪汪。
十月里，是寒冬，
老天爱刮西北风，
财主居家饱又暖，
穷人破衣没啥缝。
十一月，交了九，
天寒地冻难伸手，
财主皮袄加炉火，
穷人讨饭往外走。
十二月，整一年，
穷人有家也难还，

舍了穷家找捻军，
杀了财主过好年。

没有财主不狠心

王廷彦　搜集

没有大椒不辣人，
没有财主不狠心。
冬天放债驴打滚，
秋天连人一口吞。

杀得清兵没有窝

王廷彦　搜集

抬着炮，背着药，
威风凛凛张老乐。
张老乐，人马多，
杀得清兵没有窝。

结成捻子度春秋

王廷彦　搜集整理

小车两耳一根轴，
落在穷人手里头。
北里不收南里走，

西边歉年往东游。
东西南北都不好，
结成捻子度春秋。

捻子平沟水倒流

王廷彦　搜集

涡水源源往东流，
穷人苦难哪是头？
富家不知穷家苦，
穷富之间有条沟，
捻子平沟水倒流。

跟着捻子过营生

王廷彦　搜集

马瘦毛长耷拉鬃，
人穷好话也难听。
有钱上下通官府，
无钱逃荒奔西东。
穷苦自有穷苦路，
跟着捻子过营生。

“鬼”得穷人放鞭炮

王廷彦 搜集

张老乐，捻子头，
兴兵要打瓦房楼。
哭的哭，笑的笑，
吓得财主上了吊，
鬼（高兴）得穷人放鞭炮。

王爷死在污水坑

王廷彦 搜集

说个空，不是空，
北方兔子咬老鹰。
若说这话你不信，
王爷死在污水坑。

注：歌谣反映清朝亲王僧格林沁被捻军杀死在山东曹州高楼寨的史实。

黄蒿长成树

原捻军歌谣搜集小组 搜集

黄蒿长成树，
兔子跑成路，
野鸡满天飞，
村庄没人住。

咸丰登基闰八月

原捻军歌谣搜集小组　搜集

咸丰登基闰八月，
大雨下够俩月多。
黄河两岸开口子，
没淹死的也难活。

捻子起手涡河旁

原捻军歌谣搜集小组　搜集

亳州城，四方方，
官府老财溜下乡，
穷人粮食都刮净，
居家老幼哭皇苍。
亳州城，四方方，
捻子起手涡河旁，
杀财主，打官府，
大家小户都有粮。

猛一反猛一乱

原捻军歌谣搜集小组　搜集

猛一反，猛一乱，
财主的银钱去一半，

穷人的孩子骑大马，
财主的孩子披麻片。

江南反了一大片

原捻军歌谣搜集小组　搜集

咸丰坐殿二年半，
江南反了一大片，
穷了多少日子主，
富了多少穷光蛋——
骑点子好大马，
穿点子绫罗缎。

来了大刀齐头镨

原捻军歌谣搜集小组　搜集

咸丰二年半，
“顶子”满街串，
失了归德府，
丢了夏邑县，
来了大刀齐头镨！

穷人入捻不要钱

原捻军歌谣搜集小组　搜集

穷人入捻不要钱，

老乐跟咱穷人玩。
杀财主，打官府，
穷人孩子有江山。
有江山，心舒坦，
骑上大马穿绸缎。

老鼠饿得啃砖头

马虹 搜集

针穿黑豆长街卖，
河里杂草上秤称；
人吃人，狗吃狗，
老鼠饿得啃砖头。

商量商量都在捻

马虹 搜集

咸丰二年半，
百姓遭大难，
孩童大街卖，
换不来半瓢面。
官府财主似虎狼，
催租逼税到门前，
穷人日子没法过，
商量商量都在捻。

要想活命快入捻

马虹　搜集

要想活命快入捻，
好汉子跟着老乐干。
你拿刀，我拿镰，
非得搬掉皇家官。

庄庄在捻庄庄富

马虹　搜集

庄庄在捻庄庄富，
老少动手杀财主.
穷人汉子有吃穿，
不住草房住瓦楼。

一方在捻一方安

马虹　搜集

一方在捻一方安，
十方在捻能抗天。
杀过官府杀财主，
老乐领咱创江山。

不要官来光要捻

马虹　搜集

树杈子能遮住天，
官府个个黑心肝，
穷人被他都逼死。
不要官来光要捻。

娘上东庄去入捻

马虹　搜集

小孩睡，小孩乖，
小孩不睡眼睁开。
毛头毛头你别闹，
娘到东庄就回来。
小孩睡，小孩安，
娘上东庄去入捻。
小麦子尖尖吃白面，
宝宝穿上花衣衫。

天下穷人有吃穿

马虹　搜集

青铜钱，轱辘圆，
穷人都跟碾子玩。

捻子替俺杀财主，
天下穷人有吃穿。

打亳州

马虹　搜集

十月天，是好天，
捻子围城打得欢。
东南西北都围住，
活困官兵十三天。

俺给僧王干一场

马虹　搜集

八月十五动刀枪，
清廷派来狗僧王。
杀了俺妻杀俺娘，
俺给僧王干一场。

老乐进了庄

马虹　搜集

老乐进了庄，
财主溜个光；
穷人哈哈笑，
再不交租粮。

老乐是个好旗主

马虹 搜集

太阳出来红扑扑，
老乐是个好旗主，
穷人见他心里喜，
财主见他骨头酥。

跟着老乐创江山

原捻军歌谣搜集小组 搜集

今年淹，明年旱，
亳州地里年成歉。
针穿黑豆长街卖，
饿死穷人成大片。
不受旱，不受灾，
穷汉哥哥快入捻。
有的吃，有的穿，
跟着老乐创江山。

张老乐韩老万

原捻军歌谣搜集小组 搜集

张老乐，韩老万，
二人商量打团练。

团练人马也不少，
结果没咬老乐的吊。

俺盼老乐早回还

原捻军歌谣搜集小组　搜集

八月十五月儿圆，
老乐人马下江南。
财主起下杀人手，
俺盼老乐早回还。

灯旁放双捻哥鞋

原捻军歌谣搜集小组　搜集

抽斗桌上铜灯台，
灯旁放双捻哥鞋。
青布帮子白布底，
一针一线纳起来。
灯油熬尽千百盏，
不见捻哥来穿鞋。

半夜三更狗汪汪

原捻军歌谣搜集小组　搜集

半夜三更狗汪汪，
捻子哥哥回到庄。

点上灯，摸把柴，
俺给捻哥烧碗汤。
大碗汤，大碗菜，
捻哥吃饱杀老财。
只要穷人死不净，
这回吃罢下回来。

表表穷人好心肠

原捻军歌谣搜集小组　搜集

沙土集子长又长，
老乐人马住集上，
杀头猪，宰头羊，
表表穷人好心肠。

捻子走，官兵来

原捻军歌谣搜集小组　搜集

捻子走，官兵来，
集上走出土老财。
穷人背弯把泪掉，
不知旗主啥时来？
啥时来，啥时来，
来时杀完土老财！
看他出来不出来，
穷人辈辈把头抬。

捻子哥，大红脸

李韬　搜集

捻子哥，大红脸，
人虽穷，腰不弯。
杀了官兵杀楼主，
救咱爷们儿穷光蛋。

克亳州

原捻军歌谣搜集小组　搜集

咸丰二年半，
长毛捻子会了面；
打开了亳州城，
杀了孙椿个大坏蛋。

不见大刀齐头镨

原捻军歌谣搜集小组　搜集

同治二年半，
不见大刀齐头镨。
日子主儿还是日子主儿，
穷光蛋还是穷光蛋。

七、儿歌

拜罗圈

郭修文 搜集

两名儿童依次抓手腕扣成“罗圈”当花轿，上下移动，和节拍而歌：

拜，
拜罗圈，
官家闺女十二三。
插花子，
描云子，
夏布衫子绿裙子。
大飘带，
二飘带，
俺把官家小姐娶家来。
麦秸梃，
吹笛笛，
呜哇呜哇抬走你。

将一女抬起，其余人呜“枪”呐喊助兴。

（高庆兰口述）

抓痒痒

郭修文　搜集

一方抓对方膝盖等护痒处，歌曰：

一抓金，
二抓银，
三抓不笑是好人。

笑者为输。

（高庆兰口述）

寻叭叭狗

郭修文　搜集

游戏儿童在场院里，选一人当主人，一人当老母狗，一人当寻狗（向养狗人家要）者，其余人扮演小狗。游戏开始时养狗人关上门（虚拟动作），寻狗者两手兜衣襟，里面放坷垃头、瓦片当馍，簸动褂襟边走边唱：

一临集，二临集，
轻易不到妈妈集儿。
（叫“门”）老妈妈儿开门来！
主人：谁呀？
半夜三更弄啥来？
寻狗者：不吃你的烟，
　　　　不喝你的茶，

单问你寻个小叭叭。

养狗人开开门，说：俺的小狗还没掰眼哩。

寻狗者：我给它掰。

养狗人：俺的小叭叭不会吃食来。

养狗者：我替您喂。

养狗人：看哪个好你拣去吧。

寻狗者选一个小狗“携”起来就走，老狗护窝汪汪直叫，小狗亦叫。寻狗者将“馍”撂给老狗，老狗边吃边叫，如是直到寻完为止。

（高庆兰口述）

扯罗罗

郭修文　搜集

哄婴儿歌谣。大人坐小凳上，婴儿或站或坐在大人脚上，大人拽婴儿双手一前一后晃动，做罗面状，边唱边晃，唱法有几种：

（一）

扯一罗，
捞一筛，
黏面窝窝小枣揣。
东家仨，
西家俩，
不给对门小三家，
急得小三吱啦啦，
吱啦啦。

（二）

扯一罗，
捞一罗，
俺给毛头说个婆。
说个婆子三条腿，
气得毛头噘着嘴，
噘着嘴。

（三）

扯罗罗，
捞汤汤。
谁来啦？
大姑娘。
买的啥？
买的包，
叫小※一咬一呀哟。

注：（小宝名字，如小宝、小山等）。

（高庆兰口述）

碰花瓶

郭修文　搜集整理

四儿童（多为女孩儿）扯成圆圈，组成一、三，二、四两对。由一对朝里走，挺起胸脯碰一下，然后后退，另一对接着碰。边碰边唱：

碰，
碰花瓶，

东屋里点灯西屋里明。
碰，
碰花瓶，
西屋里点灯东屋里明。

如此反复，碰乱唱错者为输，罚唱歌。

（高庆兰口述）

箍铸锅

郭修文 记录整理

先有一儿童攥拳，伸出二拇指做摇铃状。边摇边唱：

摇，
摇铃铛。
谁不上，
长疔疮。

于是，参加游戏的儿童相继攥着前一人的手指，同时伸出二拇指。都“上”完后，再从下面开始“拔一”“拔二”……排出名次站好队，由“拔一”的站在队首先说。然后按照顺序一句一句接着说，不准接错。歌词是：

城门楼子几丈高？
八丈高。
骑红马，
带红刀；
红刀红，
切紫绫；

紫绫紫，
切麻子；
麻子麻，
切杆茬；
杆茬杆，
切黑碗；
黑碗黑，
切粪堆；
粪堆臭，
切腊肉；
腊肉腊，
切苦瓜；
苦瓜苦，
切老虎；
老虎一瞪眼，
七个碟子八个碗。
哐，
哐，
进城来！

于是，游戏儿童拉起手，“拔一”“拔二”的举起手，支起“城门”。队尾领先进“城”，“锁”起一人。然后照例进行，直到锁完。排头与排尾拉起手，一翻翻成脸朝外的圆圈，边旋转边唱：

箍铸锅，
箍铸箍铸锅，
仨钱买一个。

（高庆兰口述）

盘脚盘

郭修文　搜集

幼儿游戏。大人哄着，几个小孩坐在床上，伸出两脚。大人用手边唱边随节拍依次拍小孩的脚，唱到最后一拍，落在谁脚上谁盘起一只脚。歌词是：

盘，
盘脚盘，
盘三年。
三年整，
菊花梗。
勾勾，
捞捞。
蜷大脚？
蜷小脚？
小宝宝，
蜷一个。

落在谁脚上，谁蜷起一只脚。两只脚先蜷完者为赢，直到剩二人，每人一只脚，唱盘完的歌：

铁勺，
木勺，
留你看家老婆。

最后一拍落在谁脚上，谁就算输了。

（高庆兰口述）

画土垃树

郭修文　搜集

两儿童在土垃窝里各画一“十”字，再在“十”字的四极各加一横或一竖，组成四个新“十”字。然后从原十字根前沿图形一圈圈往外画，看谁画得又快又好，直到画满为止。边画边唱：

土垃土垃树，
你在哪里住？
我在黄瓜园里住。
黄瓜老了，
骑着白马跑了。
跑到哪个？
跑到树上，
屙一裤裆。

（高庆兰口述）

磨油转儿

郭修文　搜集

此为哄小孩的游戏。大人牵住儿童的双手，身子后扯，转动。歌曰：

磨，
磨油转，
你吃疙瘩我吃面。

（高庆兰口述）

挤尿床

郭修文 搜集

冬天，小孩晒暖，许多人靠在墙上挤，挤掉谁排在最后边，边挤边唱：

挤，
挤尿床，
挤掉尿床摄麻糖。

（高庆兰口述）

溜疙瘩

郭修文 搜集

许多儿童扯成圆圈，蹲下。选一人拿“疙瘩”（小手帕或其他小件物品）在圈外溜。其余儿童不准朝后看。溜的人边溜边唱：

溜，
溜疙瘩，
溜到南边老郭家。
老郭不给饭吃，
给个驴粪蛋吃。

趁人不注意，将“疙瘩”丢在一儿童身后，继续溜。如这一儿童没发现，再溜够一圈被逮住，罚唱歌，或“爬蛤蟆”“学狗叫”。如及时发现可急追丢“疙瘩”的人，丢疙瘩者可急跑到空缺处蹲下；丢疙瘩者若被逮，罚，继续溜，直至逮住人，再由被逮住的人接着溜。

（高庆兰口述）

打铁扣

郭修文　搜集

游戏儿童甲、乙两队，对面而立。领队：

甲：鏊子灰，
乙：打花脸。
甲：恁地兵，
乙：尽俺拣。
甲：拣谁？
乙：拣张飞。
甲：张飞有胡子，
乙：牵您二百牛犊子。

于是甲队手手紧扣，由乙队领队闯阵。如闯破，即领回甲方一人；闯不破，留在对方。最后以人员多少分胜负。

（高庆兰口述）

杀羊羔

郭修文　搜集

一群儿童在月光下玩“杀羊羔”。于是纷纷唱道：

杀羊羔，
卖羊皮。

谁不来，
是赖皮。

接着由一人当羊逮子，一人当羊头，其余儿童依次牵后衣襟，尾随其后，最末一人为羊尾。羊逮子开始逮羊，羊头左遮右拦，其余人随羊头左躲右闪。如情势危急，羊头可喊一声：“卧龙！”人皆蹲下，羊逮子不可再逮。稍事休息后，羊头喊一声：“起龙！”儿童都站起来。羊头再喊：“开（始）了！”游戏再继续进行。逮住的，罚他纺花。边纺边念：

嗡嗡，纺花哩，
老鳖不给点灯哩。

逮完后，再逮羊头。最后羊逮子问纺花的：

问：纺花的纺好了吗？
答：纺好了。
问：纺的花呢？
答：搁洞眼儿里了。
问：洞眼里没有。
答：猫吃了。
问：猫呢？
答：猫上树了。
问：树呢？
答：树叫黄水冲跑了。
问：水呢？
答：龙喝了。
问：龙呢？
答：上天了。
羊逮子：天塌了！

地陷了！

众：羊逮子，完蛋了！

（高庆兰口述）

拾磨盒

郭修文 搜集

拾磨盒，又叫拾曼儿，是小女孩的游戏。五个缸瓦或小瓦片打磨的磨盒，大如算盘珠，或两人，或四人对拾。开始时“出曼”，决定谁先拾。头家拿五个子，将一只撂起称为天子，同时将四个子放下，抓起，接天子，称之为抓子。抓子成功，问二家拾啥？二家则许（提条件）“小饭囤”“大饭囤”“筒俩”“打俩”“大猫屙屎”“小猫屙屎”“三遍三”“四遍四”“换金莲”等名目。上述可单项提出，亦可兼项提出。

小饭囤：先将四子放地下，撂起天子先抓俩，然后将其余二子逐一拾起，再放下四子，再逐一拾起。每完成一个动作，则天子起落一次。天子如落地，就让二家拾（下同）。

大饭囤：将四子撂下，一对一对拾起，再将四子放下逐一拾起。

筒俩、打俩：将拇指二指禯起呈酒盅状，天子落进酒盅后捅出，接住。

打俩：天子从酒盅捅出后，手心翻到天子上面将天子抓住。

大猫屙屎：将四子撂地下，撂起天子先抓起俩子，然后再拾起天子抓另外俩子，同时将手中二子“屙”出。

小猫屙屎：撂四子，先拾起一对儿放下，再逐一拾起。每拾起一子再“屙”出一子。

三遍三：先抓起三子，再拾起一子；然后放下四子对对抓起；再放下逐一拾起。

四遍四：即抓起四子放下；再抓起三子，拾起一子；再放下四子，对对拾起；再放下逐一拾起。

换金莲分大饭囤和小饭囤。

大饭囤换金莲：天子撂起，双手各从地下拾起俩撂起天子；两手将子放下，再撂起天子，左、右手同时捏一子互换。最后左手存俩，右手连天子存三。

游戏人技术高者称“大军”，初学者称“小军”。四人竞赛，两两为伴，以决胜负。拾时边拾边唱：

一，
一对一，
一馈一，
一一，
捏你，
捏菊花撇你。
两，
两对两，
两馈两，
两两，
长长，
刀切的麻糖。
三，
三对三，
三馈三，
三三，
腌腌，
油炸的鸡蛋。
四，
四对四，
四馈四，
四四，
路文章写字。
五，

五对五，

五馈五，

五五，

鼓鼓，

绊脚的老虎。

六，

六对六，

六馈六，

六六，

斗斗，

左针扎右手。

七，

七对七，

七馈七，

七七，

艾艾，

小二姐掐菜。

八，

八对八，

八馈八，

八八，

拉拉，

麦苗子庄稼。

九，

九对九，

九馈九，

九九，

首首，

巧对巧亳州。

唱完后，将四子放下，撩起天子，抓起四子，如是者三次，算过去了（拾完了）。按着“做锅”：撂起天子，掷下四子，将三子拢成品字形，将另一子垒在上面，然后用天子砸开，撂起天子抓起四子。“做锅”时边拢边唱。

一拢，
二拢，
拢三拢，
坐梗。

过去后即分出输赢。赢者凿（轻轻顿打）输者，输者一手平放地上，赢者在背后出好子攥拳在输者手背上凿。边凿边唱：

疙瘩疙瘩凿，
猜我手中有几爻（子）？
不是仨，
就是俩，
猜我手里有千把？
千把加十个，
十个又加俩。
红头绳，
绾疙瘩，
猜我手中有多少？

对方如猜中，将子领回，直到赢家仅剩一子。输者再将双手平放地上，赢者两手一虚一实，握拳相交叉继续凿输者。歌曰：

公鸡头，
母鸡头，
不在这头在那头。

公鸡边，
母鸡边，
不在这边在那边。
猜我的小鸡在哪边？
如果猜对了，即告结束。

（高庆兰口述）

逗笑曲

王廷彦　搜集

（一）
小毛娃，你别哭，
前院办事娶媳妇。
狗拉车，猫抬轿，
八个老鼠吹洋号。
你说可笑不可笑？

（二）
扯罗罗，捞汤汤，
谁来了？
大姑娘。
拿的啥？
麦黄杏。
撑得小孩撅着腚。

（三）
瞎胡侃，上南山，
南山有个狗拉磨，
兔子打水猫烧锅，

小鸡和面蹬打盆，
老鼠吓得顶上门。

（四）

扯一罗，捞一罗，
一升麦，捞不着，
问姥姥，借一罗。
姥姥没在家，
惹得妗子吱啦啦。
吱啦吱啦床底下，
老鼠咬住秃尾巴。

（五）

月姥娘，黄黄亮，
爹打鼓，娘唱唱。
小孩出来得得噔，
得得噔，得得噔。

催眠曲

王廷彦　搜集

（一）

毛娃睡，
毛娃乖，
毛娃不睡眼睁开。

毛娃睡着了，
娘去干活了；
毛娃睡醒了，
娘去烙饼了。

（二）

小麻喳，撅尾巴，
一撅撅到老李家。
老李老李快烧茶，
俺给黑妞说婆家。
说哪儿？
说给东庄老猴家。
猴鼻子猴眼俺怕他，
不给茶喝你走吧。

（三）

小黑妮，
挠草根，
挠来草根喂驴驹儿；
驴驹长大了，
黑妮出嫁了；
爹也哭，
娘也哭，
可惜驴驹不会哭，
嗷唠嗷唠一晌午。

扯锯歌

易之 搜集

祖孙或母子游戏。边做动作边唱，反复多次。

扯锯，
拉锯，
张大湾唱大戏。
敲锣鼓，
吹笛笛，
打花脸，
穿花衣。
唱罗成，
小生戏；
包青天，
清官戏；
秦香莲，
青衣戏；
穆桂英，
英雄戏。
老包斩了陈世美，
薛仁贵披挂去征西。
吹吹打打好热闹，
闺女小子去看戏。
小姑娘，
往前去？
我没花鞋我不去。

月姥姥

张超凡　搜集

月姥姥，黄黄巴，
小毛头，要吃妈。
拿把刀，割给他，
挂脖梗上吃去吧。

比马儿

张超凡　收集

比，
比马儿，
马儿不吃灵芝草，
得儿喔儿往南跑。
跑到南山上，
拾个大花袄。
拔朗棍，
拿朵花，
不知马儿在哪家。

小小虫蚁儿

张超凡　收集

小小虫蚁溜河沿，

一去三年没回来。
人家都说他死了，
他在外头发大财。

小板凳

张超凡　搜集

小板凳，
压摞摞，
里头坐个大哥。
大哥出来买菜，
里头坐个奶奶；
奶奶出来烧香，
里头坐个姑娘；
姑娘出来磕头，
里头坐个孙猴；
孙猴子出来蹦蹦，
里头坐个豆虫；
豆虫出来爬爬，
里头坐个蛤蟆；
蛤蟆出来咯哇，
要吃疙瘩；
疙瘩有胡，
要吃牛犊；
牛犊撒欢，
撒到天边。
劈头一耳光，
老和尚背大娘。

小公鸡

郭修文　搜集

小公鸡，
挠磨盘，
一挠挠个大皮钱。
还包烟，
还买盐，
还娶媳妇还过年。

（高庆兰口述）

小巴狗

张超凡　搜集

小巴狗，你在家，
我到家后砍金花。
一棵金花没砍倒，
听见巴狗在家咬。
咬哩谁？
王大嫂。
背哩啥？
背哩枣。
我尝尝？
还怪好。

小火筒

张超凡 搜集

小火筒，轧轧梗，
俺娘不给烙白饼。
烙了白饼弄啥去？
放马去。
可有草？
一趟青。
可有鱼？
乱扑棱。
可有黄鳝？
净窟窿。

小烟袋

张超凡 搜集

小烟袋，
一拃长，
骨碌骨碌到瓦房；
瓦房有个卖烟哩，
骨碌骨碌到关里；
关里有个卖馍哩，
骨碌骨碌到河里；
河里有个花大姐，

花大姐，洗衣裳，
单打你的光脊梁。

马大嫂

张超凡　搜集

马大嫂，手真巧，
两把剪子一起铰。
铰个桃，
桃有毛；
铰个杏，
酸又酸，
铰个蝴蝶飞上天。

挣紧紧

段华　搜集

挣，挣，挣紧紧，
腰里别条花手巾；
你一条，我一条，
咱俩一路上涡桥；
涡桥里，涡桥外，
涡桥底下种白菜。
还管吃，还管卖，
还管拿家哄小孩。

小黑屋冒蓝烟

段华 搜集

小黑屋，冒蓝烟，
一个大姐穿蓝衫；
蓝衫破，驴拉磨，
狗打水，猫烧锅，
小兔忙得捏窝窝；
小扁嘴，拾柴火，
拽啦拽啦一晌午。

捞一筛

段华 搜集

扯一罗，捞一筛，
江米粽子小枣揣。
枣又甜，米又黏，
吃喽酸枣不要钱。

俺给小妮说婆家

段华 搜集

扯罗罗，捞罗罗，
俺给小妮说婆家；

说个丈夫三条腿，
气哩小妞儿噘着嘴。

吃豆豆

李绍义　搜集

吃豆豆，长肉肉，
不吃豆豆精瘦瘦。

小大姐

郭修文　搜集

小大姐，
溜河沿，
洗白手，
做花鞋。
“做了花鞋搁哪个？”
“鸡窝上。”
鸡叼走，
狗撵上，
气得大姐哭一场。
大姐大姐你别哭，
给你买个皮老虎，
白天挑着玩，
黑了吓马虎。
啊呜啊呜又啊呜。
（口述人：高庆兰，女，45岁，亳州市化肥厂工人，亳州南关人）

小板凳弓弓腰

王廷彦 搜集

小板凳，弓弓腰，
娶个媳妇儿没多高。
在屋里，怕老鼠，
在外面，怕鸡叼。
跑到河里去洗脸，
给癞蛤蟆摔一跤。

轧轧车

王廷彦 搜集

小大姐，轧轧车，
一轧轧了大姐的手，
背起包袱娘家走，
娘家喂个大花狗，
照着屁股咬一口。
掌啥糊?
掌面糊，
一糊糊个花屁股。

唱倒歌

王廷彦　搜集

太阳出西往东落，
奶奶教你唱倒歌。
鸡蛋碰破大石磙，
碾盘无翅飞过河。
兔子外面把狗撵，
屋里老鼠咬猫脚。
麻雀下个大鹅蛋，
鸽子生在燕子窝。
舅舅在家生贵子，
先生弟弟后生哥。
要说这话你不信，
妹妹比姐大十月。
大姨出嫁你抬轿，
二姨回门你架盒。
一天俺从家门过，
看见妗子摇外婆。

亲家婆来到家

王廷彦　搜集

小针扎，扎米花，
亲家婆婆来到家。
搬个板凳你坐下，

拿个烟袋你哈哈。
俺到家后逮鸡杀，

鸡说：

"五更打鸣喉咙哑，
你咋不杀那个马？"

马说：

"备上鞍子上九州，
你咋不杀老黄牛？"

牛说：

"耕田犁地不能歇，
你咋不杀河里鳖？"

鳖说：

"不吃你们的粮，
不住你们的房，
你咋不杀那个羊？"

羊说：

"吃斋好善不改口，
你咋不杀那个狗？"

狗说：

"看家守门不敢逃，
你咋不杀那个猫？"

猫说：

"逮老鼠钻了一头泥，
你咋不杀那个驴？"

驴说：

"推套磨，薄套麸，
你咋不杀那个猪？"

猪说：

“你杀俺，俺不怪，
俺是阳间一道菜。
吃你的食，喃你的糠，
拿过刀来见阎王。”

你爹当八路

段华　搜集

小孩儿小孩儿你甭哭，
你爹跟人当八路。
扛钢枪，走黑路，
打得老蒋站不住。

小铁孩去从军

段华　搜集

小铁孩，去从军，
穿着铁袄铁裤裙。
头戴帽子三丈五，
别个钢刀八百斤。
磨刀要使三缸水，
开刀就杀十万人。
我说这话你不信，
平地里血水腰把深。
要不是黄河隔着我，
杀了皇帝坐龙墩。

小板凳歪歪

王廷彦　张超凡　搜集

小板凳歪歪，
菊花开开。
开几朵？
开三朵。
姑娘一朵我一朵，
还有一朵给英哥。
英哥长大会刨地，
一刨刨个卖糖的。
啥糖？
板糖。
打开给姥爷尝尝。
黏着姥爷的牙，
俺给姥爷倒杯茶，
黏着姥爷的嘴；
俺给姥爷倒杯水。

（黄炳君口述）

奶奶把我哄睡着

王廷彦　张超凡　搜集

咯噔咯噔趟，
腰里别个小鞋样。
做不起，穿不上，

奶奶骂我一后晌。
我给奶奶一朵花，
奶奶把我背到家。
我给奶奶一个馍，
奶奶把我哄睡着。

（黄炳君口述）

八、其他歌谣

识破机关出沉牢

李冠华　搜集

劝诸君，早醒觉，
莫贪柳巷花中妖。
迷魂阵，人不晓，
柳眉粉黛作千娇。
杀人不见头落地，
笑脸暗藏剑在腰。
能解脱，是英豪，
识破机关出沉牢。

十不足

王廷彦　搜集

寒冬雪飞冷凄凄，
破庙里走出十不足。
身披麻片怀抱碗，
挨门乞讨求饭吃。

骨瘦如柴身打颤，
眼看性命就归西。
时来运转不该死，
张天师巡天到这里。
拨开寒云往下看，
瞥眼看见十不足。
恻隐之下行善事，
救人本是应该的。
化作凡人面前站，
舍他银钱买饭吃。
从此交上好朋友，
有难他就来周济。
他吃喝不愁心乐意，
可惜身上没穿的。
给他买来绫罗缎，
穿红着绿变阔气。
吃穿已有心高兴，
又不想住破庙里。
给他银钱把楼盖，
楼上楼下享安逸。
有吃有穿又有住，
又想有个陪伴的。
给他娶来妻和妾，
有恩有爱有情意。
妻妾贤惠心欢畅，
又想做官有权力。
给他官职和荣禄，
又说官小没马骑。
官居一品权势大，

从此没人把他欺。
好山好水都玩尽，
心高想到天庭里。
张天师给他登云鞋，
去到九天看稀奇。
天堂倒比人间好，
见了仙女入了迷。
自己的贤妻他不爱，
要和仙女成夫妻。
张天师一见心好恼，
袍袖展下十不足。
只听咕咚一声响，
把它摔成一摊泥。
这就是人心无尽好下场，
诸位想想是啥道理？

绣花灯

张超凡　搜集

正月里，正月正，
余二姐在房中，
叫声小春红：
取出来五色线，
咱来绣花灯。
花灯上绣下几位能先生：
绣个能掐会算刘伯温，
绣个斩将封神姜太公。

三国出个大能人，
诸葛亮站在船头借东风。
二月里，春风和，
余二姐在房中打绫罗。
叫丫鬟，你听着，
手拿花灯绣着说：
武松打虎走到景阳冈，
赵子龙威震长坂坡，
薛礼救驾淤泥河，
马棚里困住多像女娇娥。
三月里本是三月三，
余二姐在房里心中不耐烦。
手拿梨花把镜子照，
照出好容颜。
何人能把我来配？
花灯上绣几位美貌男。
张生西厢会莺莺，
吕布月下戏貂蝉，
杨宗保招亲在穆柯寨，
樊梨花中意薛丁山。
四月里来四月八，
余二姐房中一心来扣花。
上扣蜜蜂单展翅，
下扣虫蚁落树梢。
一双绣花鞋扣里也不孬，
花灯上再绣几位花蟒袍。
金殿保本呼守信，
张翼德大喝三声当阳桥，
李逵下山逞英豪，

少正卯做了帝一命归阴曹。
五月里，五端阳，
余二姐在家一心去采桑。
手把桑枝无事望，
从南来个俊俏郎，
惹得为奴烦得慌。
心中有事手穿线，
花灯上绣几位小冤家：
王奎情负桂英妹，
郭爱手中把金枝打。
李丕太师往外杀，
满朝文武把薛刚拿。

卖饺子

（民间小调）

辛青　搜集整理

解：日落西山，华灯初上。街旁大嫂站在饺子锅边唱着小调，招徕顾客。一个风尘仆仆的中年汉子走来，大嫂并不知道，原是她多年出门在外的丈夫回来了（男以白问，女子唱答）。

唱：大嫂子儿卖饺子儿卖呀卖饺子儿，
大个儿的饺子儿，
薄薄的皮儿，
耐看又挡饥儿。
咿子儿呀子喂子儿喂，
耐看又挡饥儿。
问：大嫂子，你这饺子是啥馅儿啊？
唱：葱花儿韭菜俺呀俺都有，

另外还有肉丁子儿，
越吃越有味儿。
咿子儿呀子喂子儿喂，
越吃越有味儿。
问：大嫂子，你这饺子多少钱一碗呀？
唱：每日都是呀仨钱一碗儿，
还是老规矩儿。
咿子儿呀子喂子儿喂，
还是老规矩儿。
问：好哇，大嫂子你给我下一碗吧。
唱：要想呀，吃饺子儿，
你先歇歇气儿，
这边有个小凳子，
坐下先歇会儿。
咿子儿呀子喂子儿喂，
坐下你先歇会儿。
问：大嫂子，我饿得厉害，能不能快点儿？
唱：大哥你是个出门呀人儿，
可不能吃那些生东西儿，
还得煮一滚儿。
咿子儿呀子喂子儿喂，
还得煮一滚儿。
问：大嫂子，你家在这街上住吗？
唱：俺家住在集呀集边起儿，
街东大门儿门儿朝西，
是个破大门儿。
咿子儿呀子喂子儿喂，
是个破大门儿。
问：大嫂子，你家都是啥人呀？

唱：公公婆婆俺呀俺都有，
还有兄弟和妹妹，
一共五口人儿。
咿子儿呀子喂子儿喂，
一共五口人儿。
问：大嫂子，你咋没说你丈夫呢？
唱：不提丈夫俺呀俺不烦，
提起丈夫恼心里，
他是个当兵的。
咿子儿呀子喂子儿喂，
他是个当兵的。
问：哎，你丈夫啥时候当的兵？
唱：那年老蒋抓呀抓壮丁，
绳捆索绑抓走的，
一去没消息。
咿子儿呀子喂子儿喂，
一去没消息。
问：大嫂子，你咋不去找他呀？
唱：出门就有千呀千条路，
不知哪营哪连里，
想去没法去。
咿子儿呀子喂子儿喂，
想去没法去。
问：大嫂子说话多好，你跟我去吧？
唱：公婆年老弟呀弟妹小，
家中全靠我料理，
跟你干啥去？
咿子儿呀子喂子儿喂，
跟你干啥去？

问：跟我出去咱俩拜天地，不比你站街头子强吗？

唱：你家也有姐呀姐和妹，
要想女人你回家里，
回家拜天地。
咿子儿呀子喂子儿喂，
回家拜天地。

问：咋骂开了，你看我是谁？

唱：你出门在外做呀生意，
见俺不该打俏皮，
不是好东西。

问：我是你丈夫回来了，你不认得了吗？

唱：哪来的野种找呀找便宜，
俺可是你欺负的？
我是你二姨。
咿子儿呀子喂子儿喂，
我是你二姨。

问：咱成亲三天我走的，你能忘了吗？

唱：丈夫走时没呀没表记，
哪能就依你说的？
我回家问娘去。
咿子儿呀子喂子儿喂，
我回家问娘去。

（口述人：陈翠兰，女，56 岁，农民）

小黑妞

张超凡　搜集

小黑妞，
西北地里割黑豆，
左手拿个黑芭斗，
右手拿着黑镰头，
碰见黑嫂放黑牛。
黑妞摆摆手，
黑嫂点点头。
娘别愁，爹别愁，
黑妞自个找个头。
二十四五月黑头，
家中有棵黑心树，
给黑妞，
做个黑柜黑抽斗。
张飞翼德抬箱子，
老包送亲在后头，
还有八个吹鼓手。
还请四个迎亲女，
个个都是黑丫头。
天地桌子黑油油，
上面有个黑财斗。
黑财斗又插黑秤杆，
黑秤杆又挑黑包头，
拿个鏊子盖财斗。

黑门黑过木，
黑梁黑插手，
皂布盖被黑荡头，
两头又搁黑枕头。
没过三年并五载，
床前生个黑伙头。

织手巾

张超凡　搜集

一条毛巾织得新，
上织新年并新春。
蔡子打马中间过，
满朝文武随后跟。
两条毛巾织得长，
上织焦赞和孟良。
杀人放火焦平赞，
好使长枪杨六郎。
三条毛巾织得花，
三三见九九道花。
各州知府都喝彩，
满朝文武把奴夸。
四条毛巾织丝罗，
上织四道白沙河。
白沙河里杨八姐，
单人独骑救六哥。

五条毛巾织五层，
上织五条小白龙。
大龙织得吱吱叫，
小龙织成闹天宫。

祈天歌

郭修文 搜集

求雨

扫的扫，拥的拥，
十二个寡妇来扫坑。
再过三天你不下，
十二个寡妇都改嫁。

扒晴

勺子勺子扒扒天，
云彩归南山；
南山下大雨，
这里好晴天。

天黄黄

李彩红 搜集

天黄黄，地黄黄，
我家有个夜哭郎。
过路君子念七遍，
一觉睡到大天亮。

哭丧歌

段华 搜集

儿子哭声惊天动地，
女儿哭声真心实意。
媳妇哭声是疼东西，
女婿哭声是草驴子放屁。

过年歌

段华 搜集

小扁食，两头尖，
下到锅里底上翻。
金勺子舀，银碗子端，
欢欢乐乐过新年。

新年到

李绍义 搜集

新年到，新年到，
穿新衣，戴新帽，
闺女要花，儿要炮，
老婆要个纂称子，
老头买个红缨帽。

扫经堂

段华　搜集

扫帚精，扫帚王，
老师叫我扫经堂。
扫得经堂明晃晃，
南北善人来烧香。
烧了香，进了庙，
谁把花瓶碰烂了？
碰烂花瓶百十块，
哪个能人对上来？
出门碰见一老公，
俺问老公哪里行？
容花会上对花瓶。
上对绿，下对红，
又对凤，又对龙，
再对狮子往前行。

人多乱

段华　搜集

人多乱，龙多旱，
母鸡多了不下蛋，
媳妇多了婆做饭。
和尚多了不念经，

姑子多了不正经：
不是南寺扯和尚，
就是北观找道童。

对朵罗

李音　搜集

男：我命苦来我命薄，
一辈子没贪着个好老婆。
人家的老婆巧针线，
俺家的老婆瞎摸索。
毛蓝布买了有两匹哟，
月白蓝布买了两大箩。
棉线称够了那七斤半，
钢针又买了六七裹。
各样东西都买齐备，
单等她给我做朵罗。
我想那四月初八赶庙会，
你咋一拖俩三月？
女：叫声孩他大你听着，
细听奴家慢慢说。
要问朵罗咋做俩三月，
人来客去的耽误了奴家的活。
男：叫声拙老婆，
我问你，
钢针咋使六七裹？
女：孩子他大，你听着，
细听奴家慢慢对你说。

你要问那钢针咋使六七裹，
少尖子掉鼻子，
咋能做针线活？
男：叫声那拙老婆，
我问你领子咋做得盆口大哟？
女：孩他大，细呀细听着，
听小奴家慢慢对你说。
你要问那领子咋做得盆口大？
推车子、挑担子，磨呀磨不着。
男：叫声那个拙老婆，
我问你朵罗咋做得前襟子短？
女：孩他大哟，细呀细听着，
听奴家慢慢对你说。
你要问那朵罗咋做得前襟子短？
走高岗下陡坡，踩呀踩不着。
男：叫声那个拙老婆，
我问你朵罗咋做得后襟子长？
女：叫声孩他大，
你呀你听着，
细听奴家慢慢对你说。
你要问那朵罗咋做得后襟子长？
刮北风朝南去，
穿着更暖和。
男：叫声拙呀拙老婆，
我问你朵罗咋做得右袖子短？
女：孩他大哟，
你呀你听着，
你听俺奴家，
慢慢对你说。

你要问那朵罗咋做得右袖子短哟？
掷骰子打麻将，
磨呀磨不着。
男：叫声那个拙呀拙老婆，
我问你朵罗咋做得左袖子长哟？
女：孩他大哟，
你呀你听着，
你听俺奴家慢慢对你说。
你要问那朵罗咋做得左袖子长哟？
上东庄吃大桌好揣白蒸馍。

墙里栽花墙外开

李音　搜集

墙里栽花墙外开，
对对蜜蜂采花来。
蜜蜂见花团团转，
花见蜜蜂闪缝开。
墙里栽花墙外开，
对对蜜蜂采花来。
蜜蜂落在花心里，
花见蜜蜂搂在怀。
墙里栽花墙外开，
对对蜜蜂采花来。
二人正在热闹处，
西北乾坤大雨来。
墙里栽花墙外开，

对对蜜蜂采花来。
淋得蜜蜂耷拉翅，
淋得花瓣落尘埃。
墙里栽花墙外开，
对对蜜蜂采花来。
二人要想重相会，
等到来年蜜蜂出窝花再开。

小放牛

李音　搜集

天上苏桐什么人栽？
地上黄河什么人开？
什么人把守三关口？
什么人出家一去不回来？
咿呀嘿。
天上苏桐王母娘娘栽，
地上黄河老龙开，
杨六郎把守三关口，
韩湘子出家一去不回来。
赵州石桥什么人修？
玉石栏杆什么人留？
什么人骑驴桥上走？
什么人推车轧了一道沟？
咿呀嘿。
赵州石桥鲁班修，
玉石栏杆神人留，

张果老骑驴桥上走，
柴王爷推车轧了一道沟。
咿呀嘿。

为人不娶俩老婆

张绳初　李音　搜集

为人呐不娶俩老婆，
娶了俩老婆没法过。
大婆子要吃焦烧饼，
小婆子要吃酥油馍；
大婆子要买手镯子，
小婆子要买胭脂盒；
大婆子要做两身好衣服，
小婆子要打戒指七八个。
银子我拿十两多，
骑个草驴过江河。
出门十天回家转，
东西买来两大箩。
大婆子接有二里半，
小婆子接到三里坡；
大婆子慌得去筛酒，
小婆子慌得端馍馍。
酒席桌上动了火，
闹得我头掉底又落。
大婆子气得要跳井，
小婆子气得要投河。

今生娶俩够八辈儿，
下世里骂谁再娶俩老婆。

蒋兵自叹

李音　搜集

北风吹，身冰凉，
我找连长要衣裳。
发一个棉袄半截袖，
发条棉裤叉拉裆。
不管穿，找连长，
连长开口就骂娘。
不容我张口把理讲，
一捶打到我胸口上，
不开小车见阎王。

五点红

李音　搜集

太阳出来一点红，
月亮出来白凌凌，
北斗七星颠倒挂，
风吹浮云影无踪。
关爷出来二点红，
刘备出来白凌凌，
张飞提鞭颠倒挂，

火炮三声影无踪。
奴点胭脂三点红，
脸擦官粉白凌凌，
灯笼耳坠颠倒挂，
麝香扑鼻影无踪。
仙鹤头上四点红，
天鹅展翅白凌凌，
鹞子翻身颠倒挂，
凤凰展翅影无踪。
石榴开花五点红，
梨树开花白凌凌，
茄子开花颠倒挂，
雪花落水影无踪。

侃岔歌

王廷 搜集

侃大岔，不犯法，
乡下老头种庄稼。
东南角里丢颗籽，
西北角里出了芽。
三天没到地里看，
芝麻秆长了两丈八。
开黄花，结南瓜，
过了几天是西瓜。
摘到手里是茄子，
拿到家里是王瓜。

搭刀一切葫芦菜，
下到锅里绿豆芽。
三抄两搅面条子，
盛到碗里是麻虾。
吃到嘴里没面味，
用牙一嚼肉疙瘩。
老头吃了不当紧，
一下生个胖娃娃。
老婆一看怒冲冲，
你个浪荡老冤家。
自己能够生孩子，
当初你还娶我咋？

（搜集于 1962 年，讲唱人：马刘氏）

灭鼠歌

王廷彦　搜集整理

唉，不奏管弦不搭台，
俺单人独口唱起来。
想听我唱都别吭，
听我唱段灭鼠经。
老鼠属阴不属阳，
日没夜出暗中藏。
生就的坏物干坏事，
打通屋顶钻透墙。
神出鬼没到处窜，
好像给你捉迷藏。
挖窟打洞是本领，

繁殖能力非常强。
二十八天生一窝，
一窝能生两三双。
诸位合起来算一算，
一年要吃多少粮？
它扑通通，呼隆隆，
天天闹得不安生。
咬破箱子啃透柜，
麻袋口袋是窟窿。
老头气得用鞋打，
老婆恼得用棍捅。
找着火，点着灯，
它见了灯亮不吭声。
你那里刚刚去睡觉，
它又出来打呼隆。
一夜起来好几遍，
捅来捅去不管经。
老头发烧冻感冒，
老婆嫌冷冻伤风。
吃药打针人受害，
破财不说还误工。
老鼠是个害人贼，
偷吃东西不分谁。
头儿小，嘴儿尖，
哪有吃的哪里钻。
锅内厨有老鼠屎，
面里尿的成大片。
它爬过面盆爬油缸，
闲了没事爬鞋筐。

咬烂老婆的棉花穗，
咬毁姑娘的花鞋帮。
上了纺车咬断弦，
抓住网眼咬网纲。
蹲在书架啃书本，
咬罢门窗咬纱窗。
老鼠是个害人虫，
能把你家败坏穷。
我说这话你不信，
有几个例子能说明。
西庄有个张大娘，
爱国热情比人强。
银行发行国库券，
她一次买了几百张。
几百张，几千元，
都被老鼠咬碎完。
东庄有个王大嫂，
发家致富有门道。
各样种子包成包，
老鼠偏往她家跑。
别的东西都不吃，
专门去把种子咬。
南庄有个马大强，
要给儿子娶新娘。
暄床暖铺刚制好，
老鼠一家搬进房。
先咬床帐后咬被，
然后又咬太平洋（床单）。
北庄有个收藏家，

名人字画装成箱。
老鼠生性坏心肠，
爱在纸上做文章。
咯吱咯吱给咬碎，
无价之宝没法量。
老说鼠害不能算，
必须要把老鼠断。
老鼠除害俺在行，
祖上传给一秘方：
此药名叫灭鼠灵，
多种草药来配成。
吃着甜，闻着香，
中毒以后似筛糠；
牙咬紧，口难张，
把腿一伸见阎王。
不药鹅，不药鸭，
专门来把老鼠杀；
不药鸡，不药猫，
专药老鼠个坏家伙；
不药猪，不药羊，
专药老鼠这一行；
不药兔子不药狗，
专药老鼠这一口。
（唱到这里放下竹板，边包药边唱）
你为除害把药买，
俺为除害做买卖。
经商买卖俺不会，
专配鼠药除鼠害。
想吃饭来要烧锅，

想灭鼠害得买药。
花不穷来省不富，
三毛五毛逮老鼠。
你若不买老鼠药，
咬毁东西值得多。
麻袋两三块，
一个口袋五块多。
包起一包打上号，
药不死老鼠管打倒。
管打倒来俺退钱，
砸俺的招牌脸不寒，
临走我包盘缠钱。
少吸烟，少喝茶，
买几包鼠药往家拿。
灭老鼠，除了害，
这才算你会当家。
买一包，不算多，
孙二娘开店十字坡。
打满天下无敌手，
来了个好汉武二哥。
武二郎，胆量大，
敢打猛虎除恶霸。
你不买来俺不劝，
生意买卖两情愿。
两情愿，算一算，
你家的老鼠怎么办？
它糟蹋饭，糟蹋粮，
传染疾病更难防。
倘若染上鼠疫病，

大祸临头不吉祥。
吃药花钱是小事，
闹不好得把命搭上。
俺一边卖药一边唱，
把俺累得真够呛。
我若不唱冷了场，
诸位站着急得慌。
咱光唱鼠歌有点儿俗，
改一改辙韵换换词。
诗词歌赋俺不懂，
三教九流作谱曲。
三教本是佛儒道，
现在不兴那一套。
“江湖”行内流派多，
这里且把“九流”说。
“九流”又分上中下，
三九二十七大家。
上九流：
一流皇帝二圣贤，
三流隐士四童仙，
五流阁老六宰相，
七进八举九解元。
中九流：
一流秀才二流医，
三流丹青四流艺，
五流弹唱六流金，
七僧八道九琴棋。
下九流：
一流高台二流吹，

三流马戏四流吹，
五流池子六搓背，
七修八配九娼妓。
唉！
俺做买卖唱歌谣，
说起老鼠想起猫。
请问诸位谁知道，
为什么十二生肖没有猫？
（白）请问诸位谁是属猫的？
说起此事有根源，
古书民间有流传。
十二生肖起于汉，
那时候，猫儿它还未下山。

（白）：我们亚洲的家猫原来是印度的山猫。因为它是食鼠动物，人们为防止鼠害，由野生变成家养，因而十二生肖中无猫。

唉！
包得紧来裹得严，
包内都是毒药丸。
药性毒，毒性高，
老鼠吃了就发烧。
内有八寸断肠草，
爬不几步就报销。
唉！
包一包来又一包，
这一包又比那包多。
江湖行里讲义气，
仁义倒比金钱高。
你嫌少了俺再添，

扑哧再添几木铲。
添得多了拿不动，
还要俺得把你送。
送到家里你不让走，
又是买菜又打酒。
买了药，不会下，
听我向你说方法。
咱的药，配法鲜，
什么东西也不掺。
碟碗纸上都能放，
摆在哪里都一样。
只要药味一散香，
老鼠自己来上当。
买了药你别慌走，
还有两句说清楚。
药死老鼠可别扳，
请你拿来交给俺。
俺要老鼠做宣传，
你再买药我不要钱。
灭鼠歌，俺会得多，
不停也能唱仨月。
俺嘴又干来口又渴，
润润喉咙再接着说。

（演唱人：鲁守性，祖传鼠药经营者
流传地区：黄淮一带
搜集地址：安徽省亳州市）

（附录）

亳州市民间文学集成编辑领导小组

（1988年8月）

组　　长　刘庆之
副 组 长　牛长春　王进铨　杨　明
成　　员　郭修文　鲁　敏　锁景坤
办公室主任　马德昭

亳州市民间文学集成编委会

（1988年8月）

主　编　杨　明
副主编　张家柱　郭修文
编　委　杨　明　张家柱　郭修文
　　　　马德昭　王廷彦　张超凡

《亳州歌谣》

执行编辑：王廷彦　张超凡

谯城谚语

目　录

四、社交类

五、生活类

六、自然类

七、生产类

前 言（第一版）

谚语，是人民群众集体创作的，反映人民智慧、生活、斗争经验的，言简意赅、长于讽刺、富有哲理、由口传转而定型的艺术语言，是民间文学的珍品。

人类的科学，总的来说分为自然科学和社会科学两大类。谚语虽不是直接去研究自然科学和社会科学，但它是通过人们长期的生产、生活、阶级斗争和科学试验，认识自然、认识社会而总结出来的经验结晶。它具有经验性、哲理性、阶级性、时代性、民族性、实践性、讽劝性、训诫性和群众性，因而属于自然科学和社会科学两大范畴。

高尔基曾说过："最伟大的智慧是在语言的朴素中；谚语和歌曲总是简短的，然而在它里面却包含着可以写出整部整部书的思想和感情。"谚语比其他语言形式——民歌、民谣、歇后语、成语、俚语、俗语、格言所涉及的范围和所包含的内容都要广阔得多。因此，民间学者从这里进行民情民俗的考察，历史学家从这里找到有用的历史资料，语言学家从这里获得活的语言材料，文学家从这里学得聪明和智慧。

我国是一个文化悠久的文化古国，亳州市又地处中原。人民世世代代创造了极其丰富而优美的民间口头文学，谚语就是其中的一颗明珠，是中华民族灿烂文化宝库中极为珍贵的财富。为了汇集我市民间文学成果，保存人民口头文学财富，继承和发扬我国优秀的民族文化传统，使民间文学更好地为人民服务，在社会主义物质文明和精神文明建设中更好地发挥作用，我们自 1985 年以来在全市范围内对流传在民间的谚语广为搜集整理，编选成册。在所录谚语中，积极、健康、富于科学性的谚语是主要的，但考虑到民间文学资料本的性质，也适当收入了一部分因受时代和思想局限而带有封建、迷信色彩的条目。这对于研究我们的民族和历史，也许不无认识作用。至于广大读者，自然会仁者见仁，智者见智，予以批判地吸收和鉴赏。失当之处，敬祈赐教。

在编选过程中，得到市人大、宣传部、市委办、市政办、财政局、文化局、文化馆、花戏楼办事处的大力支持，我市民间文学工作者也付出了艰苦劳动，借此，表示衷心的感谢。

杨　明

1990 年 4 月

一、时政类

（一）祖国

祖国，我的母亲。
没有祖国，哪有家园？
没有祖国，就没有一切。
国强民富，国破家亡。
保家卫国，人人有责。
宁死不当亡国奴。
儿不嫌母丑，民不嫌国穷。
国家兴亡，匹夫有责。
国以民为本，民以食为天。
皮之不存，毛将焉附？
水可载舟，亦可覆舟。
政清国始泰，官洁民自安。
国有国法，民有民约。

（二）家乡

月亮数家乡的圆。

这美那美，没有家乡美。

远在异乡，思念故乡。

千好万好，家乡最好。

走千行万，不如家乡好看。

亲不亲，故乡人；美不美，故乡水。

金屋，银屋，不如家乡的土屋。

水流千里终归大海，树高千丈叶落归根。

亲向亲，邻向邻，姜老过向着亳州人。

官至一品，不欺乡邻。

（三）阶级

亲不亲，阶级分。

亲不亲，穷富分，打断骨头连着筋。

什么树开什么花，什么阶级说什么话。

亲不亲，门头分。

门头硬，没人碰。

一笔难写两家姓。

打架论门，烧纸论坟。

不出五服门，都是自家人。

长短是火棍，远近是爷们。

是亲三分向，不亲又一样。

拳头向外打，胳膊往里弯。

家海里的鱼，不能往外放。
隔一皮，差一厘，舅舅的孩子不胜侄。
打虎需是亲兄弟，上阵还是父子兵。
财主门前孝子多。
穷人的汗，地主的饭。
财主过年，穷人过关。
财主树下摇扇，长工地里流汗。
富人花天酒地，穷人哭天号地。
有钱人叫过年，穷苦人叫过难。
天下乌鸦一般黑，地上财主一样狠。
财主的命是钱，穷人的命是狗屎。
官逼民反。
官官相护。
是官刁死民。
官不厉害，衙役厉害。
官大一级重如泰山。
富人心狠，官家心毒。
吏到门口，鸡飞狗走。
上天无路，入地无门。
衙门的官司，百姓的银钱。
屈死不告状，饿死不做贼。
贼如梳，兵如篦，官如剃。
只许州官放火，不许百姓点灯。
衙门朝南开，有理无钱莫进来。
保丁保长下了乡，吓得鸡飞狗跳墙。
大官大贪，小官小贪，无官不贪。
三里关，五里卡；走路捐，落地税。
打的粮食老蒋的，养的儿子保长的。
十个黄狗九个熊，十个衙役九个凶。

哪庙不出冤死鬼，哪公堂不出冤枉人?

狗走千里改不了吃屎，狼走天下改不了吃人。

官不打送礼的。

水有鱼，官有私。

一人当官，鸡犬升天。

三年清知府，十万雪花银。

大小当个官，胜似卖水烟。

狗不咬屙屎的，官不打送钱的。

出力不挣钱，挣钱不出力。

六亲不认。

狗仗人势。

阎王好说，小鬼难缠。

世上三种坏东西:“光棍”、衙役、牛经纪。

保地，衙役，牛经纪，没有一个好东西。

推罢磨杀老驴。

阎王爷不嫌鬼瘦。

大斗进，小斗出。

为富不仁，为仁不富。

富人脸大，穷人眼大。

冷怕吹风，穷怕欠债。

算盘一响，黄金万两。

一本万利，饿死种地。

年前节后，穷人对头。

富家一席酒，穷家半年粮。

天冷冷在风里，人穷穷在债里。

大鱼吃小鱼，小鱼吃虾米，虾米吃滋泥。

（四）敌我

鱼有鱼路，虾有虾道。
刀子嘴，豆腐心。
当面是人，背地是鬼。
敌人向你笑，灾难就要到。
黄牛变不成白牛，敌人变不成朋友。
不是冤家不聚头。
搬起石头砸自己的脚。
当面对你笑，背地刀子到。
宁可不识字，不可不识人。
冰炭不同炉，敌我不同路。
同情敌人，是对人民的犯罪。
怜惜受伤的敌人，是对人民的犯罪。

（五）抗争

道高一尺，魔高一丈。
水来土掩，兵来将挡。
杀人不过头点地。
打不成壶有锡在。
官逼民反，刀山敢上。
砍掉头不过碗大的疤。
打破头不怕扇子扇。
不是鱼死，就是网破。
仇人相见，分外眼红。

宁愿站着死，不愿跪着生。

官视民如土，民以官为寇。

人争一口气，神争一炉香。

人善有人欺，马善有人骑。

该是三枪死，躲不过一马杈。

出头的椽子先烂。

枪打出头鸟。

舍得一身剐，敢把皇帝拉下马。

先下手为强，后下手遭殃。

人不在人眼下，树不在树底下。

兔不急不咬人，人不急不拼命。

最穷不过要饭，罪大不过一死。

一人做事一人当，不给别人留祸殃。

大浪当前，不可抛桨；大敌当前，不可抛枪。

家贼难防，偷断屋梁。

捉贼容易放贼难。

强龙不压地头蛇。

群燕高飞头雁领。

不是强龙不过江。

天下太小，仇人总碰头。

锁再结实，不挡小人。

明枪易躲，暗箭难防。

不颠不狂，不能称王。

没有家鬼，不招外祟。

是非只为多开口，烦恼皆为强出头。

人在矮檐下，怎敢不低头？

君子报仇，十年不晚。

老不看《三国》，少不看《水浒》。

哪里黄土不埋人？

（六）政策

多劳多得，不劳不得。
能上能下，能官能民。
坦白从宽，抗拒从严。
酒盅一端，政策放宽；筷子一拿，没啥没啥。
政策是个宝，人民少不了。
政策宽一宽，生产闹得欢。
当堂不让父，举手不留情。
天不怕，地不怕，就怕政策常变化。
政策是块泥，咋捏咋是理。

二、事理类

（一）思维

多想出智慧。

脑子越用越灵。

力量不在臂上而在心上。

没有思考的人就不会有知识。

会思索的人，才能变得更聪明。

在深入缜密的思考中才能发现真理。

不用脑子去思索，他永远只会有感觉。

最好在行动前去思考，不要在行动后才去思索。

会思考的人思想急速转变，不会思考的人晕头转向。

相信一切和怀疑一切同样错。

十年河东，十年河西。

十个指头有长短。

麻雀虽小，五脏俱全。

千年古路熬成河，百年媳妇熬成婆。

人要熬，井要淘。

（二）真理

真理是粮食。

真理是人生的向导。

真理是一切知识的基础。

有理走遍天下，无理寸步难行。

理是天下英雄胆，书是人间富贵心。

真金不怕炼，真理不怕辩。

谬误害怕批评，真理喜欢批评。

会走走不过影子，会说说不过真理。

对真理的错误理解，不会损失真理本身。

真理有时能变得黯淡，但它永远不会熄灭。

真理和错误同睡一张床上，从错误中醒来才能走向真理。

真理无处不有，实践的人才能找到。

真理藏在深处，不是每个人都能找到。

真理面前人人平等。

对真理的最大尊敬就是遵循真理。

话是开心的钥匙，理是服人的窍门。

帮理不帮亲。

有理不在言高。

孙子有理讲倒爷。

理不短，嘴不软。

狗怕夹尾，人怕输理。

灯不拨不亮，理不说不明。

向理不向人，偏事不偏心。

路不平有人踩，理不平有人摆。

人无理说横话，牛无力拉横套。

灯盏不明有人拨，事理不平有人说。
有理不在言低言高，有志不在年老年少。
掩饰真理是卑鄙的，害怕真理是懦弱的。
挫折是通向真理的桥梁。
有理的街道，无理的河道。
兵无粮草自散。
远水不解近渴。
羊毛出在羊身上。
水浅养不住大鱼。
背着抱着一般沉。
人家孩子拉一把，自家孩子长一拃。
吹糠见米，水落石出。
没有百年不散的宴席。
巧媳妇难做无米之炊。
弓满易折，月圆则缺。
事在人为。

（三）俗理

走路不用问，大路没有小路近。
南京到北京，小路近一蹦。
百里不同俗，十里改规矩。
娶媳妇娶德不娶色。
能走千里远，不走百步喘。
看山跑死马。
话多了不甜，胶多了不黏。
人高不为富，多穿几尺布。
站得高，看得远。

家有千口，主事一人。
久病床前无孝子。
管闲事，落不是。
重在白雪美。
马有失蹄，人有失误。
入乡问俗，出门问路。
不怕无成，就怕无恒。
儿的生日娘的苦。
远亲不如近邻，近邻不如对门。
上山容易下山难。
情人眼里出西施。
害人之心不可有，防人之心不可无。
不怕慢，就怕站。

（四）实践

比着葫芦画瓢。
按着葫芦抠籽。
不见兔子不撒鹰。
不下河，不知水深水浅。
空谈一场，庄稼不长。
眼看为实，耳听为虚。
刀在石上磨，人在事中练。
近水知鱼情，近林知鸟音。
谁身上有伤，谁知道哪里疼。
百说不如一干，身教胜于言教。
百闻不如一见，百见不如一干。
不砸碎核桃壳，吃不到核桃仁。

耳闻不如目见，能说不如能行。
书到用时方恨少，事非经过不知难。
说一千，道一万，不如自己干一遍。
好茶不怕细品。
实践方知世事不易，出水才看两脚泥巴。
看的教师不打人。
眼过千遍，不如手过一遍。
瓜熟蒂落，水到渠成。
经验是永久的老师。
经验是可靠的指路明灯。
经验是智慧的源泉。
牛皮不是吹的，火车不是推的。
牛皮不是吹的，泰山不是堆的。
每个人都知道自己鞋磨脚的地方。
知子莫如父。
远了怕鬼，近了怕水。
不怕恶公婆，就怕破屋子漏锅。
不当家不知柴米贵，不虑事不知求人难。
当家方知柴米贵，为儿才知报娘恩。
看锅吃饭，量体裁衣。
见识见识，不见不识。
钢梁磨绣针，功到自然成。

（五）知识

知识是力量。
黄金有价，知识无价。
知识是人生的火炬。

知识是人生旅途中的粮食。
万般出于学问，百事求教知识。
只有知识能使人成为自由的人。
只有知识能使人成为有理性的人。
能偷走你的财富，偷不走你的知识。
生活是知识的源泉。
书籍是人类知识的总结。
谬误的知识，比无知更危险。
天才在于勤奋，知识在于积累。
知识在于运用。
一瓶不响，半瓶咣当。
获得知识，比获得黄金更可贵。
有知识不用，等于光耕不种。
人缺少了知识，头脑就要枯竭。
人积黄金万贯，不如一技在身。
艺多不压身。
苍蝇不叮无缝的蛋。
开水不响，响水不开。
养猫捉鼠，胜似毒药。
劈柴劈小头，问路问老头。
鸡叫半夜停，驴叫到天明。
穿好的好看，吃好的好咽。
肉越吃越馋，火越烤越寒。
有技术吃满天下，无技术寸步难行。
冰冻三尺，非一日之寒。
日进斗金，不如薄艺在身。

（六）是非

桥归桥，路归路。

善有善报，恶有恶报。

假的真不了，真的假不了。

生就是个苦葫芦，滚到蜜州不会甜。

跟着好人学好人，跟着巫婆下假神。

不登高山，不知平地。

路遥知马力，日久见人心。

人不凭良心，天打五雷轰。

播弄是非者，终是是非人。

找到谬误比找到真理容易得多。

无风不起浪。

不看僧面看佛面。

不看鱼情看水情。

打狗要看主人面。

针尖不能两头快。

翻车砸不住牵牛的。

新光棍就怕老邻居。

家有黄金，邻居有斗称。

鸡毛安不到鹅身上。

寡妇门前是非多。

人心换人心，八两换半斤。

人心隔肚皮，虎心隔毛衣。

疾风知劲草，烈火识真金。

风猛知节劲，岁寒识松柏。

（七）爱憎

吃水莫忘挖井人。
儿行千里母担忧。
为朋友两肋插刀。
不为金钱而出卖朋友。
你养我小，我养你老。
尊敬老人，人人称赞。
烧香求神，不如孝敬老人。
孝子人人赞，不孝人人怨。
儿不嫌母丑，狗不嫌家贫。
人敬我一尺，我敬人一丈。
家有高堂在，何必远烧香。
朋友百个少，冤家一个多。
马有垂缰之心，狗有湿草之恩。
乌鸦觅食报恩，羊羔下跪求乳。
财富不是朋友，朋友却是财富。
敬老人年年富贵，孝父母岁岁平安。
山高不能遮太阳，儿大不能遮爹娘。
死后千哀百恸，不如生前买两个烧饼。
找到朋友的唯一办法是自己成为别人的朋友。
冤有头，债有主。
物以类聚，人以群分。
打爹骂娘，寿命不长。
对敌人仁慈，就是对人民犯罪。
要学武松打虎，莫学东郭怜狼。
伪装的朋友要比凶恶的敌人更坏。

吃了果子忘了树，好了伤疤忘了疼。

冻死不烤灯头火，饿死不吃狗盆食。

没有真挚朋友的人，是真正孤独的人。

宁交穷苦孝顺的朋友，不交擦嘴无恩的少年。

怜悯你的人不是朋友，帮助你的人才是朋友。

河里无鱼虾也贵。

宁为玉碎，不为瓦全。

三、修养类

（一）理想

人穷志不短。
站得高，看得远。
虎凭威，人凭智。
不怕路难，就怕志短。
大志办大事，大笔写大字。
人穷志不短，志穷一场空。
有志不负穷，无志穷九宗。
有志不在年高，无志枉活百岁。
有志者，事竟成；无志者，事事空。
有志者，立长志；无志者，常立志。
有志者，常有千方百计；无智者，只有千难万难。
心中没有大目标，一根灯草压弯腰。
心中有了大目标，千斤重担也敢挑。
树大自直。
高灯下亮。
既在江边站，就有望景心。
千里做官，为了吃穿。

读书做高官，不愁吃和穿。
读书住高楼，万事不要愁。
不读万书卷，难为人上人。

（二）德行

一正压百邪。
一俊遮百丑。
正人先正己。
身正不怕影子歪。
名誉比金子更可贵。
衣裳美，不如心上美。
天无云不雨，人无信不立。
不怕人不敬，就怕己不正。
树直用处多，心直朋友多。
马好不在鞍辔，人好不在衣衫。
根正不怕狂风摆，脚正不怕鞋儿歪。
己身正不令而行，己身不正虽令不从。
好汉不提当年勇。
君子口里无戏言。
君子一言，驷马难追。
人过留名，雁过留声。
一人修路，百人安步。
老实常在，说空常败。
人心要实，火心要虚。
与人方便，自己方便。
针尖不能两头快，做事不能两面光。
刀打豆腐两面光，是非面前不着慌。

不能用着人朝前，用不着人朝后。

不要嘴里说好话，脚板底下使绊子。

大人不把小人怪，宰相肚里能行船。

净埋怨别人不是，不如反省自己。

莫在人前夸己好，莫在人后论人非。

以责人之心责己，以恕人之心恕己。

人以铜为镜，可以正衣冠。人以人为镜，可以正言行。

闻过则喜，从善如流。

做事要稳，改错要狠。

迷而知返，得道未远。

有错不认识，还是想犯错。

人不错成仙，马不错成龙。

为善善日增，改过过日减。

人到事中迷，就怕没人提。

莫问能不能，但问肯不肯。

饥不择食，寒不择衣，慌不择路，穷不择妻。

美物不可多用。

明人不做暗事。

交人贵在交心。

人要脸，树要皮。

浪子回头金不换。

虎毒不食子。

兔子不吃窝边草。

高贵人抬的，低贱人踩的。

做贼心虚。

为嘴伤身惹人笑。

身上有屎狗跟踪。

要想人不知，除非己莫为。

吃人家的嘴软，拿人家的手短。

害人害己，害不到别人害自己。

能管三尺门里，不管三尺门外。

没有孩子夸干净，没有老人说孝顺。

山上石多真玉少，世上人多君子稀。

光棍急了唱戏，眼子急了当地。

光棍一点就过，眼子棍打不回。

衣裳叶子不是人，衣裳里头才是人。

贼不能见月黑头。

老要张狂少要稳。

英雄难过美人关。

瓜田不纳履，李下不正冠。

知错能改，善莫大焉。

万恶淫为首，百行孝当先。

吾日三省吾身。

路走错了能回，话说错了难改。

说出去的话，泼出去的水。

人家的财不可贪，人家的妻不可爱。

心底无私天地宽。

心中无玄事，不怕鬼敲门。

（三）胆识

艺高人胆大，鞋大不崴脚。

初生牛犊不怕虎，十年的大夫如小羊。

尿泡再大没四两。

秤砣虽小压千斤。

小斧头也能砍倒大树。

舍不得孩子套不住狼。

怕走崎岖路，别想攀高峰。
明知山有虎，偏向虎山行。
任凭风浪起，稳坐钓鱼船。
冻死迎风站，饿死紧紧腰。
没有金刚钻，不揽瓷器活。
不到黄河不死心，不到长城非好汉。
没有上不去的高山，没有过不去的长河。
不怕路远，就怕脚懒。
世上无难事，只怕有心人。
不怕事情难办，就怕懦夫懒汉。
撑死胆大的，饿死胆小的。
为人不做亏心事，半夜敲门心不惊。
吃了熊心，喝了豹胆，身外有胆，胆大包天。

（四）学习

开卷有益。
苦读书，书中有玉。
照明求明，读书求理。
不读马列书，不知革命理。
忠厚传家远，读书继世长。
读书破万卷，下笔如有神。
万般皆下品，唯有读书高。
家无读书子，官从何处来？
书中自有黄金屋，书中自有颜如玉。
十年寒窗无人问，一举成名天下闻。
斗大黄金印，天高白玉堂。不读万卷书，怎能伴君王。

木受绳则直，人好学则明。

河水挑不干，知识学不完。

人不学落后，刀不磨生锈。

树不怕长根多，人不怕读书多。

树不理不成材，人不教不知理。

没有生而知之，只有学而知之。

当为不知而羞，要为不学而惜。

勤学苦练硕果累累，虚度光阴两手空空。

学习如爬山，爬山必有难；难中必有苦，苦中必有甜。

能者为师。

严师出高徒。

问百人，通百事。

敏而好学，不耻下问。

不懂就学，不会就问。

不耻下问，才有学问。

学问，学问，勤学好问。

人过七十七，领教不为迟。

打柴问樵夫，撑船问舵工。

严师出高徒，严训出学问。

师傅引进门，修行靠个人。

先生不过引路人，学问全在自用心。

一心不能二用。

好书不厌百读。

读书百遍，其义自见。

田要细管，书要精读。

不可不信，不可全信。

不懂装懂，百事不通。

拳不离手，曲不离口。

读书不知意，等于啃书皮。

学习不温习，水过湿地皮。
学习如赶路，不能慢一步。
不懂去装懂，一辈子糊涂虫。
耳过千遍，不胜手过一遍。
笨牛早上套，笨鸟要先飞。
学习的敌人，是自己的满足。
三天打鱼，两天晒网。
书山有路勤为径，学海无边苦作舟。
活到老，学到老，活到八十还学巧。
日日行，不怕千里万里；时时学，不怕千卷万卷。
天天走，不怕千里远；日日学，总有成功时。
磨刀不误砍柴工。
滴水可以汇集成川。
刀不快石头上磨。
一口吃不成胖子。
会的不难，难的不会。
百日不停，万里事成。
只怕无恒，不怕无成。
熟能生巧，巧能生鲜。
求知无捷径，苦钻登高峰。
天下真功夫，难得真本领。
知识靠积累，学问靠钻研。
钢梁磨绣针，功到自然成。
一本坏书比一个坏人还坏。
工欲善其事，必先利其器。

（五）惜时

一刻值千金。

时间就是金钱。

节约时间，就是延长生命。

花有重开日，人无再少年。

少壮不努力，老大徒伤悲。

把握住今天，胜过两个明天。

谁放弃时间，时间就放弃他。

隔夜的金子，抵不上当日的铜。

一寸光阴一寸金，寸金难买寸光阴。

年年岁岁花相似，岁岁年年人不同。

江河哪有回头浪，人老何能转少年。

见缝插针。

赶早不赶晚。

起得早，走得快。

早起三光，晚起三慌。

趁热打铁，趁水和泥。

懒人有等不完的明天。

夜长梦多，日久变多。

补漏趁天晴，读书趁年轻。

赶前不赶后，赶早不赶晚。

一步跟不上，步步打饥荒。

明日复明日，明日何其多。

（六）智慧

天才在于勤奋。
理智是最高的才能。
才智是人的精神武器。
智慧是穿不破的衣裳。
聪明才智是拨动社会的杠杆。
没有智慧的人，最容易受人欺骗。
没有智慧的蛮干，是没有什么价值的。
没有智慧的头脑，就像没有蜡烛的灯笼。
有智吃智，无智吃力。
不经一事，不长一智。
眉头一皱，计上心来。
谋事在人，成事在天。
人多出韩信，智多出孔明。
人不可貌相，海水不可斗量。
光有智慧不行，还要善于运用它。
立木顶千斤，四两拨千斤。
小孩生半，搬盆弄罐。
一人不抵二人智。
智者千虑，必有一失。
聪明绝顶，要人提醒。
聪明一世，糊涂一时。
十八的精不过十九的。

（七）谦慎

满招损，谦受益。

人外有人，天外有天。

容人不是痴汉，谦虚不算傻瓜。

患难中要坚强，得意时要谨慎。

人有失足，马有漏蹄。

尺有所短，寸有所长。

瓜无滚圆，人无十全。

人无完人，金无足赤。

小事要细心，大事要当真。

大意失荆州，骄傲失街亭。

不怕一万，就怕万一。

自夸没人爱，残花没人戴。

十个指头有长短，荷花出水见高低。

能大能小是条龙，光大不小是条虫。

大骡子大马值钱，人大不值钱。

旁观者清，当局者迷。

吃亏人常在，破帽人常戴。

紧睁眼，慢张口。

知足者常乐，能忍者自安。

在家不打人，在外人不打。

大海不弃滴水，高山不嫌小石。

四、社交类

（一）集体

人多势众。

人多智广。

众人是圣人。

响鼓众人捶。

众人拾柴火焰高。

千斤担子众人挑。

麻多绳壮，人多力强。

林子大，啥鸟都有。

人多主意好，柴多火焰高。

星多天空亮，人多智谋广。

一丝不成线，千丝把牛拴。

一朵鲜花非盛景，万紫千红才是春。

集体比个人总是聪明得多、有力得多。

谁若与集体脱离，谁的命运就开始悲哀。

人恋人，马恋群。

人上一百，形形色色。

水涨船高，人多势众。

三人行，必有我师。

三个臭皮匠，顶个诸葛亮。

官屋漏，官马瘦，官客来了满屋凑。

一人心里没有计，三人心里唱台戏。

只有在人们中间，才能认识自己。

世界如果光有他个人，他将无法生存下去。

肉烂在锅里。

单丝不成线，孤树不成林。

一粒芝麻挤不出油，一棵秸秆盖不成楼。

一个好汉三个帮。

（二）个人

单木不成林。

一个巴掌拍不响。

一条龙能搅多少水？

单手拍不响，孤树不成林。

一桨能搅几水，一篙能撑几船？

一个人浑身是铁能打多少钉？

蚂蚁能拱泰山，一人难挑千斤。

眼睛再好，也看不见自己的后脑勺。

一块砖砌不成墙，一根椽子盖不成房。

强将手下无弱兵。

千人走路，一人领头。

千军易得，一将难求。

千般锣鼓，一锤定音。

蛇无头不行，鸟无翅不飞。

一个槽上不能拴俩老叫驴。

宁与千人好，不与一人仇。

能得罪十个君子，不得罪一个小人。

天塌压大家，不砸咱自家。

各人自扫门前雪，莫管他人瓦上霜。

一个萝卜一个坑。

一个老鼠坏锅汤。

人官肚子不官。

九龙九种，种种有别。

有山靠山，没山自担。

穿衣戴帽，各有所好。

敲锣卖糖，各干一行。

亲友远来香，邻居高打墙。

（三）团结

团结就是力量。

团结就有力量和智慧。

烂麻拧成绳，力胜千斤顶。

天时不如地利，地利不如人和。

人多心齐推倒山，众人擂鼓打得响。

人心坚，山石穿；人心齐，泰山移。

一人一条心，穷断骨头筋；众人一条心，黄土变成金。

兄弟齐心，其利断金。

二虎相斗，必有一伤。

不怕虎生三只眼，只怕人有两条心。

朋友间的不和，就是敌人进攻的机会。

人们不团结，力量都是弱小的。

水帮鱼，鱼帮水。

要得好，大让小。

家和日子好，人和万事兴。

一个篱笆三根桩，英雄还得众人帮。

你好我也好，两好算一好。

朋友遍天下，知心有几人?

朋友百个少，冤家一个多。

浇树要浇根，交人要交心。

良言一句三冬暖，恶语一句六月寒。

多一个朋友，多一条路；多一个冤家，多一堵墙。

举手不打笑脸人。

打人不打脸，骂人不揭短。

隔山隔水都好过，就是隔心不好过。

一个和尚挑水吃，两个和尚抬水吃，三个和尚没水吃。

（四）工作

工作没有尊卑贵贱。

三百六十行，行行出状元。

工作对于人来说是一种享受。

摆脱苦闷最好的方法就是工作。

悲伤的时候，工作就是良药。

每一种工作都蕴藏着无穷的乐趣。

万事开头难。

多说不如多做。

说千道万，不如一干。

干啥讲啥，卖啥吆唤啥。

喊破嗓子，不如做出样子。

吃饭吃饱，做事做了。
你要做一件事，就要把它做好。
不会做小事的人，也做不出大事来。
未曾行兵，先行拜路。
挖窟窿，补窟窿，窟窿还在。
拆东墙，补西墙，两墙不整。
上梁不正下梁歪。
羊群里迷见羊群里找。
大事化小，小事化了。
哑巴进庙门，多磕头少说话。
大开庙门不烧香，祸到临头许猪羊。
路不能走绝，桥不能拆尽。
工作要上去，干部要下去。
干部能下海，社员敢擒龙。
村看村，户看户，社员看的是干部。
一个官员行一套，一个喇叭一个调。
工作没有贵贱，革命不分先后。

（五）谈吐

会说不如会听。
木不钻不透，话不说不知。
嘴是两张皮，咋说咋是理。
听话听声，锣鼓听音。
眼是观宝珠，嘴是试金石。
酒逢知己千杯少，话不投机半句多。
言多必失。
宁穿过头衣，不说过头话。

话不要说死，路不要走绝。

毒酒喝不得，坏话听不得。

见人只说三分话，不可全掏一片心。

隔人不说话。

背人没好话，好话不背人。

唾沫吐在地上，舔不起来。

有饭送给饥人，有话说给知人。

好汉长在腿上，懒人长在嘴上。

雨不大，湿衣裳；话不多，伤心肠。

三句话不离本行，三岁孩不离爹娘。

送君千里，终有一别。

流言蜚语可杀人。

对着矮子，别说短话。

言多必失，人多易乱。

好胳膊好腿，不如好嘴。

小孩喜哄，老婆喜怂。

（六）训教

严是爱，松是害。

养儿不教，不胜不要。

小树要砍，小儿要管。

棒下出孝子，娇养无义郎。

不听大人言，吃亏在眼前。

当面教子，背地教妻。

教妻初来，教子婴孩。

见好就收。

小不忍则乱大谋。

要打当面鼓，不敲背地锣。
不懂药性赋，别乱拉抽斗。
若要人不知，除非己莫为。
花无百日红，人无百年兴。
马到悬崖勒缰晚，船到江心补漏迟。
人到难处回头晚，船到江心抛锚难。
墙糊一百把，没有不透风的时候。
福无双降，祸不单行。
人在屋里坐，祸从天上来。
一朝被蛇咬，十年怕井绳。
宁可千日无灾，不可一日不防。
天有不测风云，人有旦夕祸福。
山里红是猴吃的，老母猪吃了倒牙。
要的孩子当的地，末了落个长出气。
人有好心，天有好报。
家贫出孝子，国破显忠臣。
响鼓不用重槌敲。
甘言夺志，糖食坏齿。
树条子不川不成树，人不调教不成人。
好儿不吃分家饭，好女不穿嫁时衣。
走路要走大路，交友要交君子。

（七）文化

一台无二戏。
要演戏，先进城。
戏要演得深，必先通古今。
只有小演员，没有小角色。

好戏能把人唱醉，坏戏能把人唱睡。

扮得像，强似唱。

装龙像龙，装虎像虎。

不像不成戏，真像不成艺；

悟得其中理，是戏又是艺。

宁穿破，不穿错。

锣鼓不虚响，锣鼓不妄动。

三分唱腔，七分场面。

四两唱功，半斤念白。

不喜千招会，就喜一招绝。

唱戏不懂韵，等于瞎胡混。

演员不动情，观众不同情。

唱戏不练腰，到老艺不高。

唱戏吐字不清，如同钝刀杀人。

一身戏都在脸上，一脸戏都在眼上。

演戏要心中有人、目中无人。

大换气，小偷气，不蛮喊，留余地。

唱动人心是好戏，不动人心枉搭力。

一日不练，前功尽弃。

台上三分钟，台下十年功。

要想人前显贵，必得人后受罪。

要想演技好，得起三百六十个早。

一天不练自己知道，两天不练观众知道。

弦子不离手，曲子不离口。

笔下数行字，灯里几斤油。

（八）商业

随行就市。
和气生财。
生意在路上，好酒卖背巷。
同行不同利。
以销定产，以产定销。
以销定进，勤进快销。
货真价实，童叟无欺。
顾客至上，生意兴旺。
热情服务，质量第一。
薄利多销，日进斗宝。
好酒对客味，生意自兴隆。
褒贬是买主，喝彩是闲人。
品种千百色，百货中百客。
不怕不卖钱，就怕货不全。
买卖要做好，不在钱多少。
不怕不识货，只怕货比货。
出门看天气，买卖看行情。
出门看天气，经商看信息。
为人无信不立，生意无信不旺。
金九月，银十月，腊月以后买卖多。
十年读成个秀才，十年学不成个买卖。
言无二价。
薄利多销。
买鲜卖鲜。
夜不观色。

买卖一张皮。

货到地头死。

收废不卖废。

货好才能卖好。

货卖当时不吃亏。

买卖不成仁义在。

一手交钱，一手交货。

多进样，少进量。

要想富，卖酒醋。

有钱不置半年闲。

紧打酒，慢打油。

逢贵莫赶，逢贱莫懒。

大秤平胸，小秤平鼻。

宁叫梨流水，不叫梨打滚。

三里有货，不去五里采购。

百里不贩青。

不怕利润少，只求买主多。

早卖鲜，午卖贱，晚卖烂。

晴雨有差价，早晚价不同。

存有千年货，才是富有人。

有货不愁贫，无货愁死人。

花完客的钱，买不完地上货。

萝卜快了不洗泥，萝卜慢了削层皮。

编筐打篓能顾两口，不会锁沿饿死一半。

没有笑脸不开店。

好栈三年不换客。

百拿不厌，百问不烦。

快马赶不上青菜行。

货买三家不吃亏。

先尝后买，知道好歹。

只有错买，没有错卖。

衣不差寸，鞋不差分。

现钱打酒，喝了就走。

人叫人，千声不语；货叫人，不叫自来。

货问三家不吃亏。

生意好做，伙计难搁。

囤迟卖快。

图贱买老牛。

青瓜梨枣，见了就咬。

乡里老头不识货，单拣大的磨。

饿死卖姜的，饿不死卖蒜的。

干东行不说西行，卖牛马不说猪羊。

千言获利，不如默无一语。

千里不贩青，贩青赊不轻。

当面点钱不为薄。

生意不赚欺心钱。

仁中取利，义内求财。

诸亲好友，概不赊欠。

五、生活类

（一）幸福

先苦后甜，幸福百年。

忠诚就是最大的幸福。

最大的幸福，是为他人献身。

没有自信的人，不会有幸福。

为幸福而斗争，是真正的快乐。

作为一个战士，是最大的幸福。

严肃人的幸福，在于坚忍与刚毅。

不能满足的人，永远不会有幸福。

人的一切努力的目的在于获得幸福。

你懂得幸福，才能使他人获得幸福。

对公共利益有所贡献，就是自己的幸福。

人生最大的幸福，在他追求什么样的过程中。

没有真实的爱情，不会有永久的幸福。

幸福不在金钱和爱情，而在懂得真理。

最大的幸福在于自己的过失得到改正。

自己去创造幸福生活，自己才有权利享受幸福。

在为人民忘我服务中，也可以找到自己的幸福。

把自己的全部智慧灌注到行动中去，幸福就会得到。

对生活的乐观、对工作的愉快、对事业的忠诚就是最大的幸福。

幸福要依靠实际。

有福不用忙，无福跑断肠。

是福不是祸，是祸躲不过。

天官赐福来，有喜又有财。

癞蛤蟆，土里埋，有福自然来。

不吃苦中苦，难成人上人。

人往高处走，水往低处流。

不说不笑，不成世道。

牛吃草，鸡食谷，各人自有各人福。

人无外财不富，马无夜草不肥。

水向洼处流，鸟往高处飞。

三顿饭不饿，三件衣不破。

（二）勤俭

节俭是一大收入。

节俭是穷人的财富。

勤是摇钱树，俭是聚宝盆。

节俭与勤俭，是人类两大名医。

大河有水小河满，大河无水小河干。

克勤克俭粮满仓，大手大脚囤底光。

屋檐滴水石板穿，千条小溪汇成川。

不当家，不知柴米贵。

一文钱难倒英雄汉。

库里有粮，荒年不慌。

细水长流，吃穿不愁。

夜夜防贼，年年防歉。

能勤不能俭，到头没积攒。

教子从小起，治家从俭起。

有了挣钱的手，还需盛钱的斗。

光增产不节约，等于买个无底锅。

冬不节约春发愁，夏不劳动秋不收。

丰年要当歉年过，一生一世不挨饿。

要在有时思无时，莫到无时想有时。

节约好比针挑土，浪费犹如水推沙。

过日子比树叶还稠。

精打细算不断面。

成家之子惜粪如金，败家之子挥金如土。

先算后用，一世不穷；只用不算，沧海也干。

晴天防阴天，丰年防歉年。

丰年有储存，荒年不慌人。

不笑补，不笑破，就笑日子不会过。

省在囤尖。

囤尖好省，囤底难留。

宽打窄用，过后好剩。

一针不补，十针难缝。

只有懒人，没有懒地。

寸草归垛，颗粒归仓。

宁在囤尖留，不在囤底愁。

宁在囤尖省，不在囤底紧。

不丢一粒粮，日子自然强。

有时省一口，无时当一斗。

新三年，旧三年，缝缝补补又三年。

一日节省一根线，百日就能把牛牵。

出门走路看风向，吃饭穿衣看家当。

要吃还是家常饭，要穿还是粗布衣。
一天省下一两粮，十年要拿车来装。
奢侈总是跟着淫乱。
铺张浪费是最大的犯罪。
鼠洞里能藏粮米，狗洞里放不下剩馍。
冻死闲人，饿死懒人。
荒年不要忘记大麦，穷人不要忘记勤俭。
吃不穷，穿不穷，不会算计才会穷。
宁添一斗，不添一口。

（三）婚恋

爱，意味着献给。
爱是理解的别名。
爱情是一位伟大的导师。
爱情能激发人们的创造力。
忠诚的爱情是无价的财富。
道德中最大的秘密是爱。
爱情的意义在于帮助对方提高。
没有爱情的婚姻是不会幸福的。
思想感情一致，才能产生爱情。
真正的爱情能唤醒沉睡的力量。
革命孕育的爱情，像岩石一样牢不可破。
心灵与思想的美丽才是崇高爱情的牢固基础。
互敬互爱。
当人娶婊子，背地立规矩。
女子无才便是德。
真穿还是粗布衣，真疼还是结发妻。

患难知真情。

爱情靠忠诚来培养。

幸福夫妻，互相尊重。

妻贤夫祸少，子孝父心宽。

一日夫妻百日恩，百日夫妻似海深。

有缘千里来相会，无缘对面不相识。

男大当婚，女大当嫁。

娶妻娶德，夫妻和合。

男好一半谷，女好一半福。

少年夫妻老来伴。

上有一老，强似活宝。

少怕伤妻，老怕伤子。

美人并非个个可爱。

强扭的瓜不甜。

捆绑不成夫妻。

有了金镢头，就不愁柳木把。

女婿好寻难做鞋。

草率的夫妻少美满。

专看外表不顾里面的恋爱，没有滋味。

以金钱筑起的爱情，像河边的沙滩，越挖越浅。

男人丢了丑，昂头大街走；女人丢了丑，不如夹尾狗。

人生三件宝，丑妻洼地破皮袄。

酒肉朋友，米面夫妻。

嫁出门的女儿，泼出门的水。

真吃还是酒肉席，娶妻还是半路的。

男子走州串县，女子绕锅转圈。

满堂儿女，不如半路夫妻。

听了妇女的话，锅碗瓢盆剩不下。

十个火炉往上垒，不如丈夫一条腿。

买起马，置起鞍，娶起媳妇管起穿。
养起猪，打起圈，娶起老婆管起饭。
早生儿子早得济，早娶媳妇早生气。
生个儿子是个宝，生个女儿是棵草。
种好庄稼一季子，娶好老婆一辈子。
男嫌女，一张纸；女嫌男，只有死。
家鸡打得团团转，野鸡不打向天飞。
秤杆离不开秤砣，老头离不开老婆。
男人有权妻子高，大人有钱孩子娇。
不是一家人，不进一家门。
领闺女，不要怕，啥人摊到啥人家。
有好汉，无好妻；赖汉子娶个花滴滴。
天上掉个席篓子，再亲不过两口子。

（四）卫生

人人讲卫生，功效成倍增。
人活九十九，卫生放在首。
机器不擦要生锈，不讲卫生要短寿。
卫生好，疾病少；锅灶净，少生病。
扫帚响，粪堆长，卫生积肥两相当。
不干不净，吃了生病；干干净净，吃了没病。
祸从口出，病从口入。
寒从脚起，病从口来。
百病从口入，干净一身舒。
灭虱没巧，洗衣换袄。
生水不洁净，吃了易生病。
剩饭不过夜，污水不过天。

每天地扫净，四害无处存。

路平少积水，屋高好通风。

预防胃肠病，饮食要干净。

一家分开吃，疾病易控制。

想要少得病，生吃瓜果洗干净。

不吃不洁之食，不喝不沸之水。

厕所离水远，饮水卫生不传染。

饭前便后都洗手，大疾小病难进口。

饭前便后洗洗手，肮脏东西顺水走。

指甲长，细菌藏，早晚总要病一场。

井台高，盖上盖，饮水清洁病不来。

五月端午阴，老瘴（疟疾）遛墙根。

不怕疥脓癣水，就怕虱子张嘴。

虱多不痒，债多不愁。

麦茬沤烂，瓜果当饭，大人孩子都拉一遍（拉肚子）。

（五）医药

三分吃药七分养。

外不治癣，内不治喘。

病来如山倒，病去如抽丝。

伤风不算病，不治能要命。

要对症一张方，药不对症起祸殃。

大葱蘸酱，越吃越胖。

酸汤面叶，伤风退热。

大蒜是个宝，常吃身体好。

一味人参汤，心衰急煎尝。

小小茅根草，肾炎一喝好。

四两马蜂菜，痢疾不再泻。
酸甜石榴根，绦虫断了根。
鲜艳小红花，调经用着它。
熟地何首乌，白发能变乌。
谷子凉水送，发汗感冒轻。
奶汁泡黄连，沙眼有效验。
南瓜子加槟榔，绦虫断了秧。
生姜片，头皮擦，斑秃能长发。
蜜炙杏仁和冬花，咳嗽赶快煎叶喝。
三月茵陈软又软，黄疸喝了褪黄显。
柳树叶，尖又尖，黄疸喝了病必痊。
心绞痛，不要怕，元胡汤，能救他。
胡桃仁，皱纹多，短气喝了气增多。
使君子，尖又尖，驱蛔虫，疗效显。
莎草根子用醋炒，妇女调经少不了。
秋葵花，黄又黄，疮疖一喝消散开。
冬吃萝卜夏吃姜，不请医生开药方。
红糖蒸二丑，慢性肾炎走。
酒打鸡蛋，牙痛不犯。
烧砖醋喷雾，感冒离开屋。
青石粉，治胃酸，你不信，试试看。
青紫病，不发愁，兰解水，可能救。
红眼病，不要忙，盐水洗后随清亮。
龟头灰加冰片，脱肛不再现。
小壁虎，真有功，结核喝了病减轻。
穿山甲，王不留，缺奶喝了乳长流。
呕吐腹泻不要怕，肘筋放血疗效佳。
小儿腹泻捏捏背，能叫大便不再稀。
马牙子，不是病，自动消失不要动。

人打涕喷牛倒沫，有病也不多。

牙疼不算病，疼起来要了命。

（六）保健

早睡早起，没病惹你。

贪吃贪睡，添病减岁。

饥不暴食，渴不狂饮。

一顿吃伤，十顿药汤。

贪吃一物，身瘦如骨。

细嚼慢咽，肠胃保健。

卧床看书，视力不足。

凉酒伤身，早晚是病。

饭后百步走，活到九十九。

饭后走百步，胜似开药铺。

饿了不洗澡，吃饱不剃头。

睡前烫烫脚，胜似安眠药。

睡前开开窗，一夜都觉香。

表后睡盖厚，受凉要泻肚。

老年多吃素，少年常吃荤。

大饱强劳动，立刻可得病。

贪多嚼不烂，肠胃容易犯。

要想身体好，吃饭忌太饱。

天黑就睡觉，荣华富贵到。

不吸烟，不喝酒，病魔绕道走。

美酒不过量，好菜不多食。

宁吃鲜桃一口，不吃烂杏半筐。

不吸烟，不喝酒，寿命到白头。

不吸烟，不喝酒，祝你活到九十九。
不喝酒，少吃肉，多吃蔬菜能长寿。
春捂秋冻，不生杂病。
热不马上脱衣，冷不立即穿棉。
捂捂盖盖脸发黄，风吹日晒身体强。
一场秋雨一场寒，十场秋雨得穿棉。
说说笑笑，百岁不老。
手舞足蹈，九十不老。
气气生病，笑笑减病。
多愁多病，越愁越病。
恼一恼，老一老；笑一笑，少一少。
返老还童有灵药，经常运动笑呵呵。
笑一笑，十年少；愁一愁，白了头。
活怕干，病怕练。
运动运动，百病难碰。
强身之道，锻炼为妙。
饮食有节，运动有恒。
慢跑经常，寿命增长。
跑跑跳跳，病魔逃掉。
冬练三九，夏练三伏。
早起做做操，一天精神好。
要想身体健，必须天天练。
能走三里远，不走一里喘。
老年百步走，胜似打篮球。
坐卧不迎风，走路要挺胸。
铁不炼不成钢，人不活动不健康。
树木就怕软藤缠，身体就怕不锻炼。
磨刀不误砍柴工，练拳不误工作重。
静而少动，眼花耳聋；有静有动，无疾无病。

阳光是个宝，晒晒身体好。

日光不进门，病人要进坟。

窗外一枝花，看了精神佳。

窗外两盆花，鲜艳香气发。

门外小花园，开花空气鲜。

院内两棵树，空气新鲜户。

常开窗，透阳光，防疾病，保健康。

一懒生百病。

勤劳长寿，懒惰常病。

懒汉凭嘴，好汉凭腿。

勤劳是个宝，人生不可少。

懒惰催人老，勤劳身体好。

看书正立远，预防近视眼。

不渴要挖井，无病要防病。

要想感冒少，常洗冷水澡。

预防伤风感冒，增强体质主要。

冷水洗脸成习惯，感冒疾病身不患。

洪水未到先打坝，疾病未患先防它。

病孩儿不玩，好孩儿不闲。

树老根多，人老病多。

体强人欺病，体弱病欺人。

身强力量壮，身大力不亏。

健康长一分，粮食增一成。

千金难买老来瘦。

十个瘦人九不贫，就怕瘦人没精神。

蚊虫满屋飞，蝙蝠到室追。

壁虎是益虫，捕蝇有本领。

小蝙蝠，院中站，捕蚊虫是好汉。

敌敌畏抹床缝，敢叫臭虫灭个净。

猫头鹰，是益鸟，地老鼠，跑不了。
黄鼠狼，黑嘴鼬，老鼠见了身发酥。
小蜘蛛，盘丝网，蚊蝇粘上见阎王。
秤砣虽小压千斤，苍蝇虽小是病根。
冻头冻脚，强似吃药。

六、自然类

（一）时令

水九旱三春。

春雾当日晴。

春雾不过三朝雨。

一日春雷十日雨。

春到东风连阴雨。

冬季干冷春季寒。

春打五九尾六九头。

春南夏北，等不到天黑。

春打六九头，遍地赶黄牛。

三星对门，门口坐人。

立春之日雨淋淋，阴阴湿湿到清明。

寒水枯，春水铺；春水铺，夏水枯。

反了春，冻断筋。

二月干一干，三月宽一宽。

雨打清明节，干到夏至节。

夏雨北风生。

五月有迷雾，撑船勿问路。

小暑热得透，大雨凉飕飕。
小暑一声雷，倒转作黄梅。
一年三季东风雨，独有夏季东风晴。
有钱难买五月旱，六月连阴吃饱饭。
秋后北风田里干。
秋后北风紧，夜静有白霜。
立秋不立秋，六月二十头。
进了七月节，夜寒白天热。
立了秋，夏布扇子河里丢。
八月南风二日半，元月南风当日转。
重阳不下等十三，十三不下一冬干。
立冬无雨一冬晴。
冬冷多晴，冬晴多雨。
冷在三九，热在三伏。
四九南风六月旱。
小寒起燥风，日夜好天空。
干净冬至邋遢年，邋遢冬至干净年。
四季东风四季干，就怕东风起不大。
上看初二三，下看十五天。
立夏夏雨肯成豆。
一年两头春，黄豆贵似金。
冬天三场雾，棉花打成铺。
除夕星斗多，来年棉花笑呵呵。
除夕星斗少，来年袍子改成袄。
天河东西，该做棉衣。
一九二九不出手；
三九四九凌上走；
五九六九抬头看柳；
七九河开；

八九雁来；
九九加一九，遍地耕牛走。

（二）天文

日出晕，雨淋淋。
日出胭脂红，无雨便是风。
日头出得早，天气不牢靠。
日出星星亮，晴天有保障。
日落无云，不用问神。
日落云红，明天有云层。
日落胭脂红，非雨即是风。
日落乌云长，半夜听雨响。
晨阳发白要起风。
日头伸腿，淹死小鬼。
日浑三更雨，日晕午时风。
太阳现一现，天天不见面。
乌云接日头，半夜雨水稠。
月明星稀。
月到中秋分外明。
月亮长毛，有雨明朝。
月亮有黄伞，有雨在早晚。
上弦圆半月，下弦半月圆。
天狗吃月亮，不久就还原。
星星挤眼，有雨不远。

（三）气象

霜重见晴天。
霜后南风都是雨。
霜加雾，旱得井也枯。
霜前冷，霜后寒。
雪落有晴天。
瑞雪兆丰年。
雪后冷，雪后晴得长。
冷得足，晴得长。
雾散见晴天，不用问神仙。
早上地生雾，尽管洗衣服。
久晴大雾阴，久阴大雾晴。
露水重，天气晴。
东南风，燥烘烘。
西南火风三日晴。
东北风，雨太公。
东风多湿，西风多干。
行得春风，必有夏雨。
东风急溜溜，难过五更头。
刮了长风南，半月路不干。
南风吹到底，北风来还礼。
西风刹雨脚，泥巴晒不白。
不怕南风紧，只怕转东北。
西风入夜静，打谷入高云。
朝西夜东风，日月好天空。
风是雨的头，风过雨心流。

东虹日头西虹雨，出了南虹卖儿女。

虹被雨吃完，风雨在眼前。

早上烧霞，晚上沤麻。

晚上放霞，干死蛤蟆。

早霞不出门，晚霞行千里。

晚霞乌云接，黄土晒成铁。

雷公先唱歌，有雨也不多。

炸雷雨不长，沉雷水汪洋。

闪电不闻雷，雷雨不会来。

棉花云，雨淋淋。

瓦块云，晒死人。

炮台云，雨淋淋。

云交云，雨淋淋。

顺风雨，迎风云。

云彩破头，大雨下流。

天上钩钩云，地上雨淋淋。

南天簇壮云，不久阴雨临。

天上鱼鳞云，明天晒死人。

早上浮云走，中午晒死狗。

一块乌云在天顶，再大风雨也不惊。

疙瘩暴云往上翻，大坑小坑都下满。

云行东，车马通；云行西，马溅泥；云行南，水涨潭；云行北，好晒麦。

落沙天，无雨刮大风。

人黄有病，天黄有雨。

急雨等晴，慢雨不开。

游丝飞，久晴便有期。

西北开大锁，明朝大太阳。

早晴一晌午，晚晴四十五。

鱼过桥，有雨到。

猪衔草，寒潮到。
鸡不入窝天要下。
蚂蚁搬家天将雨。
燕子低飞要落雨。
麻雀囤食要落雨。
蚂蚁垒窝要落雨。
羊抵架，阴天还得下。
蜘蛛张网，预兆天晴。
猫狗吃草，天气不好。
蜜蜂出窝，有雨不多。
蜜蜂起得早，天气一定好。
蜜蜂懒出巢，雷雨要来到。
雨中闻蝉叫，预告晴天到。
久雨听鸟鸣，不久定转晴。
蜻蜓飞屋檐，大雨在眼前。
蚊虫过路行，大雨下不停。
泥巴狗子打响鞭，必定有雨天。
蚂蚁搬家蛇过道，马上风雨就要到。
地返潮，要下雨。
粪缸臭，雨汛头。
石头出汗，雨来看。
盐罐返潮，大雨难逃。
咸肉滴卤，不雨也阴。
水缸出汗，天气要变。
烟烟熏眼，下雨不远。
烟不出门，远行必淋。
烟满屋中，小雨蒙蒙。
盐口袋干是好天，盐口袋湿阴雨促。
早雾阴，晚雾晴，半夜里洼子（鹭）等不到明。

下雪不冷化雪冷。

东明西暗，等不到吃饭。

黑云黄楂子，必定下雹子。

黑云带耳边，是下雹子天。

云顶长头发，定有冰雹下。

天热人又闷，有雨不用问。

春寒多雨，夏寒不潮。

雨搅雪，下半月。

蛤蟆哇哇叫，大雨要来到。

乌鸦顶风飞，大雨右边追。

蠓虫扑脸，离雨不远。

鱼游水面，天气要变。

狗下水洗澡，近日天气不好。

四月十二湿了老鸹毛，麦从水里捞。

七、生产类

（一）农业

1. 土

地是活宝，越种越好。
两土相合，必有好乐。
沙地看苗，淤地吃饭。
寸土不空，粮食满囤。
不怕大冻，就怕土实。
土地翻了身，增产百十斤。
万物土里生，土肥五谷丰。
淤地掺沙土，当年产量鼓。
生土变熟土，一亩顶五亩。
阴土变阳土，一亩顶三亩。
黄土上沙土，一亩顶二亩。
黄土压上沙，孩儿得了妈。
地是金银板，人勤地增产。
深耕细作，粮食满多。
深耕细耙，旱涝不怕。
犁地耙好，庄稼长好。

累坏牲口，犁不坏地。

吃饭看锅，犁地看托。

深耕土地好，灭虫又灭草。

耕地深又早，庄稼百样好。

过了惊蛰节，犁地不能歇。

深耕又重耙，多收没二话。

早犁能歇地，长苗有力气。

深耕加一寸，顶上一遍粪。

要想吃好面，遍地牛走遍。

犁好种好，只长庄稼不长草。

庄稼人，靠辛勤，土地从不负心人。

田头地尾种一棵，足够养个老婆婆。

早犁无晚麦。

麦犁三遍没有糠。

麦在整地秋在锄。

晒垡地，种好麦。

耕不平，麦断垄。

深耕晒垡，麦子必发。

深耕浅播，麦苗发棵。

要吃大馍，把地耕透。

耕得不平，麦种不均。

土门不开，麦子不结。

土地不深翻，麦根没处钻。

种麦少一犁，收麦少一斗。

深耕是个宝，长麦不长草。

麦根深千里，深耕如垫被。

耕地深一寸，麦后满了囤。

耕地不及时，麦子难出齐。

耕地不平展，小麦出不全。

麦地耙得融，耐旱又杀虫。

秋耕没有早，耕得深了长麦好。

麦子喜得隔年墒，伏里深耕最适当。

深深犁，细细耙，不收麦子还收啥。

夏麦犁一犁，好似种麦施遍肥。

秋不打扮麦不犁，小麦多犁胜追肥。

淤土秋分前十天不早，沙土秋分后十天不迟。

麦长五种地：犁在深土，耙在细土，多上肥土，种在湿土，锄在浮土。

沙地花生淤地麦。

肥地芝麻壮地麦。

阳坡麦子阴坡谷。

淤地种上麦，明年豆更强。

春豆子，晒垡麦，十种九得。

麦耙紧，豆耙松，秫秫耙得不透风。

沙地花生淤地麦，碱地带花也能发。

薄地长不壮麦子，瘦地长不出大萝卜。

碱地压沙，多种棉花。

深耕细耙，苗壮桃大。

三犁六耙，种棉不怕。

棉花性属火，两合土最妥。

棉花一条根，只要犁得深。

要想多种棉，深耕地勤倒茬。

生地瓜，熟地花。

生地芝麻，熟地种花。

生地长红芋，熟地长棉花。

好地种棉花，坏地种芝麻。

生地种棉花，坏地种芝麻。

生地种茄子，熟地种棉花。

田高土爽，芝麻肯长。

高地种芝麻，年年无大差。

板地种芝麻，颗粒难还家。

深犁芝麻宜合土，芝麻长得绿油油。

高地芝麻洼地豆。

瘦地种芝麻，头顶一朵花。

田要冬耕，豆要多种。

熟土拌生土，能收好红薯。

薯地要挖深，红薯块块长一斤。

红薯地要松，甘蔗地要紧。

要吃油，油菜种在肥地头。

耕地耕得深，一个玉米长一斤。

深耕秫秫浅耧谷，阴雨连绵莫种秫。

薄地种烤烟，密植加深翻。

挖得深，盖得薄，长得棒子像牛角。

2. 种

斤籽万苗。

一粒下地，万粒归仓。

母大子胖，籽大苗壮。

母子肥壮，子孙兴旺。

千钱买籽，百钱买苗。

种子年年选，产量节节高。

选种比上粪，增产无疑问。

三年不选种，增产要落空。

庄稼不选种，没有好收成。

种子年年选，产量岁岁增。

种地选好种，等于土地多几垄。

种子田好经验，忙一时好一年。

好籽长好苗，杆壮籽肥产量高。

龙生龙，凤生凤，好种才有好收成。
想要明年大丰收，好种还得今年苗。
根正不怕苗歪，好种长出好苗来。
好籽能长好苗，母大籽肥产量高。
当年种子要配套，常年种子有两手。
柿叶黄，麦种藏。
麦种不选，产量大减。
麦种肥壮，儿孙兴旺。
麦好在种，秋好在管。
种麦惜籽，饿得要死。
种地选好种，一垄抵两垄。
麦种到三年，不选就要变。
籽大麦苗壮，壮苗多打粮。
种麦莫惜种，惜种少收成。
种麦要高产，必须把种选。
带花不选种，每年退两成。
浸种出早苗，干种苗不齐。
灰搓温水烫，保证出苗壮。
棉苗全靠种，棉苗壮靠锄。
好种出好苗，好苗结好桃。
种棉要种大洋棉，绒长籽小多值钱。
大斯棉，扎根深，一棵棉花收半斤。
惊蛰育芋苗，谷雨栽红芋。
三块红芋一斤半，做种最划算。
红芋育苗没有巧，只要温床做得好。
玉米选种，斩头去尾留当中。
去两头，种中间，玉米熟的没空钻。
以籽保苗，以苗保蘖，以蘖保穗。
菸叶良种是内因，棵壮苗旺是条件。

大田是基础，炕好是关键。

3. 植

宁误饭时，不误农时。

无粪种早，有粪种迟。

说话要讲理，密植要合理。

岁数不饶人，节气不饶天。

耧种一条线，锄板一大片。

茬口勤倒换，瘦田变肥田。

不懂春秋四季，难务农业生产。

春争日，夏争时，一年大计不宜迟。

密植是个宝，全凭用得好。

合理大增产，盲目就糟糕。

麦喜黑墒。

地湿无晚麦。

干深，湿浅。

冬性品种种早。

八月十五种早麦。

麦种无墒到老瘦。

立了冬，种麦不透风。

早麦要稀，晚要密。

白露五斤，寒露一斗。

秋分种麦，十种九得。

稀麦不可看，稠麦吃饱饭。

要想吃好面，种麦泥里拌。

麦种泥流流，来年吃馒头。

大麦种过年，认麦不认田。

麦种八月土，不种九月墒。

寒露到霜降，种麦日夜忙。

晚麦过霜降，来年一杆枪。

麦子不倒茬，枉费犁和耙。

十月二十五，麦子难出土。

种麦到了冬，人畜枉费功。

星薄地上冻，有种也别种。

口中出白气，种麦快下地。

种地种到老，麦子早种好。

麦子种得密，头多粒子挤。

一寸浅，三寸深，寸半下种最发根。

小麦不离八月土，十月种麦不出土。

秋分早，霜降迟，寒露种麦正当时。

秋麦踏个泥窝窝，明年吃个白馍馍。

秋分时节两头忙，又种麦子又打场。

中秋节，雁归来，早茬麦，要安排。

秋分麦子圆溜溜，寒露麦粒一道沟。

霜降麦，鸡爪墩，等到收麦蝇头穗。

立了冬，把耧摇，种一葫芦收一瓢。

柳树头上三枝叶，正好犁田种小麦。

天寒地瘦应种早，气暖土肥可种迟。

庄稼老头活一百，千万别忘种早麦。

不管坷垃不拔草，只要麦子种得早。

秋分种麦，前十天不早，后十天不晚。

让白露，不让秋分；让秋分，不让寒露。

秋分前五天，棵稠麦叶宽。

霜降前五天，麦长独杆鞭。

八月种麦锄满墒，九月种麦闹嚷嚷，十月种麦一杆枪。

八月麦，草上泥；九月麦，泥里堆，十月麦，一堆子灰。

深挖土，浅栽薯。

红芋适应丰墒地。

干扶垄子湿栽秧。

要想吃得好，红芋别种少。

红芋不重茬，重茬长黑疤。

红芋出了土，温度二十五。

红芋栽壮苗，不栽白水条。

春薯栽块秧，夏薯栽剪秧。

红薯没有巧，只要插得好。

要吃大红芋，提早插下去。

红薯不补种，补种没有用。

每年种薯一亩八，有吃有穿有钱花。

栽红薯没有巧，一要挖深二要早。

头茬金，二茬银，三茬红芋好扎根。

红薯早栽根早生，一颗红薯重十斤。

早栽红薯重十斤，晚栽红芋一把根。

谷雨栽上红薯秧，一棵能收一篓筐。

红薯不“填房”，“填房”不长秧。

春栽红薯出细粉，夏栽红薯甜死人。

干打垄，湿打苗，晴天好挖土，阴天好栽薯。

九尽连惊蛰，育苗正适合；天暖可提前，大冷可推迟。

豆见豆，必定瘦。

麦茬豆，紧跟后。

豆子不让耧，让耧差一斗。

麦茬抢早豆，豆子不让耧。

入伏不种豆，种豆打不够。

稠豆长得凶，秋后一场空。

头伏豆，一斗豆；三伏豆，一葫芦。

夏至种黄豆，一天一夜扛榔头。

收麦种豆不让晌，过晌不一样。

斑鸠咕咕咕，该种小秫秫。

洼地种秫秫，十年九财主。
洼地种高粱，家家多修仓。
高粱阴天种，必得黑斑病。
豆茬种高粱，苗粗又肯长。
麦子上了场，快种夏高粱。
清明种高粱，秫秫长得硬似棒。
清明门前插杨柳，高粱种到地里头。
清明谷雨季节连，快种秫秫莫迟延。
高粱不能种重茬，种了重茬苗不发。
想要玉米结，除非叶搭叶。
玉米早种收籽，晚种收秆。
玉米不补种，补种没有用。
玉米补栽苗要大，管理及时还可怕。
三月清明种在前，二月清明种在后。
立秋没有二批叶，长到老死不给结。
立秋玉米出了头，收的粮食满囤流。
立秋玉米不出头，割下棵子喂老牛。
春分早，谷雨迟，清明前后种玉米正适时。
枣芽发，种棉花。
谷雨前，早种棉。
早种收桃，迟种收苗。
谷雨前十天，种棉最当先。
谷雨种棉花，亩产一百八。
小暑种棉花，头顶一枝花。
杨叶如钱大，遍地种棉花。
椿树抱娃娃，家家种棉花。
浅种年年收，深种碰年头。
有墒浅种棉，没墒莫种稀。
芒种不见苗，到老不见桃。

壮苗三分收，弱苗三分丢。

棉花缺了苗，补种要赶早。

棉花要收好，一步三棵苗。

棉花要多摘，千万惜不得。

棉花不宜久重茬，三年最好换一下。

早播早发早成熟，节短铃多产量高。

春分早，谷雨迟，清明种棉正当时。

一寸浅，二寸深，种花三寸就要闷。

一大芝麻卧牛花，不稀不稠三千八。

清花全苗一半收，缺苗缺垄七分丢。

清明花，大车拉；谷雨花，大把抓；小满花，不归家。

豆茬棉花，十年九瞎。

早黍晚花，不要自夸。

谷地种棉花，气死两邻家。

谷茬种棉花，十年九不差。

麦套棉，两亲家，进了七月就摘花。

芝麻晚了一包汁，棉花晚了桃不结。

油见油，十年愁。

立了冬，种上油菜也不中。

小麦种迟没头，油菜种迟没油。

菜种菜，无后代；油种油，病发愁。

不宜早，不宜迟，白露过后油菜育苗正适时。

大麦茬，种芝麻。

入伏种芝麻，头顶一朵花。

立秋种芝麻，老死不开花。

重茬芝麻不用拔，一粒不能收回家。

春争日，夏争时，芝麻宜早不宜迟。

四月种上春芝麻，麦罢早种夏芝麻。

七千芝麻四千花，亩产芝麻一百八。

早绿豆，迟芝麻，不如在家抱娃娃。
花生苗齐八成收。
花生红芋不重茬。
过了谷雨，花生落地。
夏花生，时间短，宜早不宜晚。
稀谷稠麦。
稠豆稀麦哄死人。
稠谷稀麦坑死人。
稠秫稀麦哄人的鬼。
麦稀长叶，豆稀长荚。
稠豆稀麦，两样不得。
稀豆稠麦，每亩多打二百。
稀麦稠豆子，饿死小舅子。
稀麻密麦，黄豆棵里请客。
稀谷大穗子，来年好麦子。
油菜过密稠，杆细角少少出油。
彭祖活了八百，不忘稀豆稠麦。
麦要密，豆要稀。
麦子稠，豆子稀，大豆底下卧小鸡。
稀种芝麻稠种麦，棉花地里人开车。
麦要稠，谷要稀，芝麻地里走开车。
埋麦，漏豆。
麦耩深，谷掩身。
提耧豆子按耧麦。
麦见阎王谷见天，豆子只盖大半边。
麦见阎王谷见天，芝麻棉花掩半边。
麦见阎王谷见天，棉花黄豆盖半边。
麦耩黄泉谷露糠，豆子耩在地皮上。
麦耩黄泉谷露天，豆子露着半个边。

谷播浅，麦播深，芝麻只要隐住身。

麦种黄泉谷露糠，芝麻种在地皮上。

麦种深，谷种浅，荞麦芝麻盖住脸。

缺垄谷子满垄麦。

缺垄豆子满垄麦。

黑墒麦子黄墒谷。

红芋栽湿，棉花种阴。

干种芝麻湿种豆，全苗得丰收。

谷种黄墒麦种泥，小墒正好种玉米。

灰里芝麻泥里豆，麦种黑墒吃大肉。

干种芝麻泥种豆，谷子高粱要压头。

秋分油菜寒露麦。

清明前后，种瓜种豆。

春分种麻，秋分种麦。

晚霜伤小麦，豆怕提楼拍。

早豆晚麦，十年九不得。

大麦豌豆不出九，大寒播种古来有。

芒种芝麻夏至豆，秋分种麦正时候。

清明秫秫谷雨花，要种豆子到初夏。

清明高粱谷雨谷，年年调茬心有福。

秫秫早种秸秆硬，谷子早种多发病。

清明秫秫谷雨谷，谷雨棉花再种薯。

清明时节雨绵绵，先种高粱后种棉。

处暑高粱白露谷，过时不收抱头哭。

芒种栽薯是个宝，小满芝麻株株好。

清明秫秫谷雨花，立夏前后种芝麻。

清明后，谷雨前，又种秫秫又种棉。

立夏芝麻谷雨谷，夏至芝麻吃香油。

冬苗壮，年后望，油菜早发高产量。

立春育苗清明栽，烟叶早发需早管。

处暑萝卜白露菜，秋分种麦不再怪。

麦子剁了头，秫秫埋住牛；谷子齐了穗，豆子三棚楼。

绿豆茬，发庄稼。

当年麦子，来年绿豆。

一麦一豆，不肥不瘦。

麦不离豆，豆不离麦。

豆茬的麦，请到的客。

荞地种麦，穷人请客。

种一茬豌豆，收两季好麦。

红芋茬种麦，如穷人请客。

麦种高粱茬，来年用车拉。

谷地里种麦，穷汉子待客。

芝麻地种麦子，油汤里泡蚊子。

种稻要调种，栽红芋要调垄。

高粱豆茬喜种麦，玉米谷地喜种棉。

高粱谷子玉米茬，重茬以后不收啥。

麦种三年要倒茬，豆子地里长庄稼。

谷后豆，吃肥肉；谷后谷，蹦着哭。

头年芝麻二年瓜，三年棒子长得大。

油菜花生不重年，一年病害少一年。

十年芝麻重棉花，连年花生叶落完。

十年茄子九年花，芝麻就怕新重茬。

一茬超千不容易，两茬超千并不难。

优质高产有办法，合理密植烟套烟。

有心要发家，芝麻带打瓜。

豌豆混小麦，多收五十或一百。

红芋套玉米，省力保收不占地。

一行芝麻一行豆，芝麻是捎头。

玉米地里带绿豆，天上地下都能收。

玉米地里带绿豆，一亩多收好几斗。

黄豆田里带玉米，红芋垄上种芝麻。

黄豆地里带芝麻，红芋垄上种玉米。

花地花，麻地麻，芝麻地里带小瓜。

黄豆地里带芝麻，红芋垄上种豆麻。

棉花棵里带芝麻，哪里没苗就留它。

麦油套种办法鲜，油菜丰收促烤烟。

玉米地里带豆，十年九不漏，丢了玉米还有豆。

高粱地里带小豆，高粱不少收，额外收小豆。

芝麻混杂豆，上下三层楼。芝麻头上飘，蔓缠半中腰。

棉九麦七，芝麻四天。

麦七棉八，四天出芝麻。

麦地不等粪，谷地不早种。

棒子地里能转身，一棵棒子打半斤。

天河南北，该种荞麦。

4. 管

只种不管，打破金碗。

小管小增长，管理不好就减产。

人不缺地的工，地不缺人的粮。

种好是基础，管好是关键，大管大增产。

干打土地如上粪。

七月不保墒，八月打饥荒。

春防风，夏防热，秋防雨，冬防寒。

秋天浇，冬天盖，不怕老天把地晒。

壮苗先壮根。

根粗苗壮，丰收有望。

草死苗旺地发暄。
旱耪田，涝浇园。
要想收成好，除尽地边草。
秋除一棵草，春少十日忙。
花生怕草咬，有草长不好。
庄稼根边草，赛过毒蛇咬。
冬季清除田边草，来年肥多虫害少。
除草莫伤根，苗儿要扎根。
地锄三遍，等于上肥一遍。
夏天锄破皮，抵上冬天犁一犁。
锄头有水，锄头有粪，地要勤耕。
耕三耙四锄八遍，天不下雨也耐旱。
头遍浅，二变深，三遍锄草莫伤根。
头遍挖，二遍扒，三遍要用大锄拉。
一遍锄浅，二遍锄深，三遍把土拥上根。
头遍浅又精，二遍深又平，三遍上堆圆蓬蓬。
壮苗先壮根，深锄提地温，根系扎得多又深。
锄头响，花生长。
麦凭深耕，秋凭锄勤。
锄到的秋，耕上的麦。
麦收在耙上，秋收在锄上。
玉米锄得嫩，抵上一遍粪。
玉米对叶锄，苗儿壮又粗。
要吃高粱面，连着锄三遍。
秫秫锄几遍，活像竹竿园。
要吃大秫饼，根边锄成井。
锄头扒得勤，棉花白似银。
棉花勤除草，秋后拾花早。
锄花不论遍，桃子结成串。

棉花锄八遍，桃子结成蛋。

春棉要锄泥，夏棉要锄皮。

棉花入了伏，一天一遍除。

锄棉如绣花，一碰一个疤。

棉花锄得松，抗旱又抗风。

棉花锄七遍，纺线不会断。

棉花锄十遍，转身一提篮。

芝麻不论遍，越锄越好看。

芝麻不要多，只要留够棵。

麦子去了头，花生赶紧锄。

红芋是个宝，少提秧子多除草。

麦子收在犁上，棉花收在锄上。

种花无须巧，勤锄泥土净锄草。

种棉花没有巧，只要及时锄锄草。

锄芝麻如绣花，锄头碰秆要结疤。

麦前锄花生，一天能顶两天工。

头遍秫秫二遍花，小伙就怕锄芝麻。

三遍耪在三伏天，三个棒子越过肩。

打了秫叶耪一遍，高粱籽籽圆瞪眼。

干锄秫秫湿锄谷，不干不湿除芝麻。

花靠锄头稻靠耥，红芋勤提不翻秧。

麦前锄花三遍地，春后雨多沉着气。

伏天棉花锄八遍，绒细好纺多出线。

棉花伏天锄七遍，桃子大得赛鸡蛋。

干锄绿豆湿锄瓜，不干不湿锄棉花。

谷子锄得歪歪倒，芝麻不掏围根草。

油菜多锄多出油，锄头底下三分油。

干锄棉，湿锄瓜，不干不湿锄地瓜。

干锄玉米湿锄花，不干不湿锄芝麻。

头遍不锄不长棵，二遍不锄花生少结果。

好吃花生论锄法：头遍浅，二遍扒，三遍松弓把线扎。

麦怕坷垃咬，谷怕牛尾草。

到了立秋时，芝麻封根底。

高粱要晒根，谷子要压心。

土块不打光，麦苗土里伤。

玉米苗期把根壮，后期才能长得旺。

油菜培土又封根，保住苗儿好越冬。

晒根秫秫培根花，望乡台上留芝麻。

高粱间苗晚，秋后不睁眼。

油菜定稀稠，过拳看着留。

头遍玉米清垄，二遍玉米清苗。

会留苗，苗一棵，不会留苗苗一窝。

移栽油菜没有巧，早栽浇水根压好。

高粱地里卧下狗，一亩多打好几斗。

立秋三天遍地红。

稀苗大穗秫秫粗，多打粮食省工夫。

棒子地里埋下狗，一亩多打好几斗。

二叶油菜早间苗，根深叶茂产量高。

芝麻稠了不可留，留来留去少出油。

早霜伤苗，晚霜伤桃。

花是秋后草，就怕霜来早。

要想棉花好，管理勤和早。

种棉如绣花，一针不能差。

芒种不留花，留花是白搭。

入伏到立秋，棉田添人手。

夏天不抓桃，秋后收不牢。

棉花要丰收，早挖抗旱沟。

棉花要打杈，不打不结花。

棉花不打头，小桃难保留。

棉花不打顶，桃小叶枝盛。

棉花不打杈，光长柴禾架。

棉花出油条，长叶不长桃。

立秋把头揪，晴天打花头。

棉花卷成团，收成减一半。

棉花收不完，管理不放松。

棉花果枝见花蕾，后边紧跟脱裤腿。

促苗长蕾控初花，盛苗狠促把苗抓。

要想棉花创高产，管理一环扣一环。

棉花打群尖，蕾到不等时，到时不等蕾。

时到不等枝，枝到不等时，具体要看棉长势。

红芋烂，饭丢半。

红芋怕痒，少翻多长。

红芋被水冲，入窖如泥坑。

红芋要提蔓，一窝九斤半。

红芋勤提秧，挖时用车装。

红芋半年粮，好好来保藏。

红芋要保好，赶快封窖口。

红芋怕坏心，坏心人人恨。

保暖又防冻，安全能过冬。

多雨多提，晴天不提。

红芋本是宝中宝，就看放好放不好。

温度十五六，放到六月六；温度低到九，赶快封窖口。

花生压秧，多产一装。

稠倒秫秫，稀倒谷子。

麦打短秆造，豆打长秧捞。

麦倒一把草，豆倒不见粮。

马吃夜里草，麦收七月墒。

清明后，谷雨前，高粱苗儿要出全。
麦打短秆蝇子头，豆打长秧角子稠。
小暑前烟叶环削完，二茬旺管八月天。
头茬壮，二茬好，利用自然狠抓早。
掌握生产主动权，能促烟叶产量高。
烤烟生产环节多，优质高产靠科学。
立了秋，挂锄钩。

5. 水

庄稼怕旱，做活怕站。
水是庄稼命，适时合理用。
上粪不浇水，庄稼噘着嘴。
平台低洼处，打井靠得住。
天上望一望，不如地下挖个塘。
八月初三下场雨，遍地是黄金。
只靠双手不靠天，修好水利万年甜。
农田水利搞建设，旱灌涝排禾苗壮。
小麦八十三场雨，不靠天给靠人给。
打好井，发好电，机器一响就能灌。
多收少收在于肥，有收无收在于水。
抓土不抓水，天旱要吃亏；抓水不抓土，有水没用处。
麦浇芽，菜浇花。
麦后浇花，到老不差。
麦前蹲苗，麦后浇花。
麦怕胎里旱，豆怕夹秋干。
棉怕伏里旱。
棉有苗不怕天旱。
麦前浇棉花，十年九不差。
棉花喜向阳，阴湿不能长。

小花苗浇小水，大花苗浇大水。

谷雨有雨好种棉，芒种无雨收麦忙。

八月连阴滴拉拉，十打九准不收花。

麦前浇水就是好，棉苗健壮结蕾早。

前期旱，中期巧，后期让棉喝个饱。

麦子就怕二月寒，棉怕三月连阴天。

苦不死的娃娃，旱不死的棉花。

旱豇豆，涝小豆。

豆子难得露头雨。

天旱收芝麻，雨多收豆子。

湿出豆子干出花，毛毛细雨出芝麻。

若要油，田里湿溜溜。

油菜怕干冬，浇水能防冻。

种菜不浇水，产量抓不稳。

油菜大肚汉，吃饱喝足长得欢。

水是油菜的命，田间积水就生病。

菜籽小的一钉角，睁开眼要吃喝。

高粱晒红米，一阵太阳一阵雨。

高粱扛了枪，不怕老天下汪洋。

高粱扬花不要雨，雨多秫秫没有米。

高粱开花地裂纹，提前准备粮食囤。

玉米不怕旱，开花缺水减一半。

有水就有苗，没水苗不保。

水是庄稼命。

淹是一条线，旱是一大片。

不怕天旱，就怕河干。

大河无水小河干。

天黄有雨，人黄有病。

玉米长得喇叭口，大水小肥跟着走。

要想玉米长得好，追肥浇水很重要。
芝麻不怕旱，就怕六月阴雨天。
白露田间和稀泥，红芋一天长一皮。
烟田深翻一尺半，灌水应在封冻前。

6. 肥

肥多产量高。
肥足能增产。
家里土，地里虎。
种地没粪，瞎子没棍。
种地不上粪，等于瞎胡混。
底肥不足，追肥要速。
猪多，肥多，粮增产。
粪大水勤，不用问人。
苗肥要早，胎肥要好。
冬上一次粪，好比盖棉被。
庄稼一枝花，全靠粪当家。
春拉千车粪，秋打万担粮。
有粪就有粮，无粪饿断肠。
肥料入了土，力量猛似虎。
畜圈勤打扫，肥料用不了。
春看肥料堆，秋看粮食堆。
积肥如积粮，粮在肥中藏。
一个驴粪蛋，一碗小米饭。
腊肥一滴，胜似春肥一勺。
一月大寒随小寒，农家积肥不休闲。
立春雨水二月天，运粪莫等冰消完。

春夏多积一筐粪，秋后多打一担粮。

伏天能积三粪圈，明年麦子产量翻。

腊肥金，春肥银，过了清明不留情。

农家肥，养料全，肥力一季使不完。

化学肥料合理用，夺取高产有保证。

扫帚响，粪堆长，卫生积肥两相当。

施足底肥，看苗追肥，增施腊肥，重施胎肥。

棉深施肥料，太阳晒不到，下雨冲不跑，肥少产量高。

麦子肥了能吃草。

麦子要好，犁深肥饱。

麦在灰里坐，农民不受饿。

两行麦子两行豆，加点肥料双成收。

麻饼瓜，豆饼花。

棉花不施肥，长老柴火堆。

棉田肥料足，扁担挑挑两头曲。

麻饼瓜，豆饼花，老墙土适合种地瓜。

豆茬上粪，保险满囤。

没粪种豆，要收无门。

豆子肥田底，红芋拔地立。

做瓦靠土坯，红芋靠草灰。

肥料包心红芋大，旱涝灾害都不怕。

红芋地里粪包心，一棵红芋长八斤。

红芋用粪来做窝，一个能长一斤多。

玉米长叶七八片，追肥浇水要抓紧。

玉米长叶七八片，追施氮肥很关键。

玉米成熟叶包黄，好似孩子离开娘。

花生要施肥，还靠人工培。

若要油菜发，莫忘水肥抓。

肥足苗壮，芝麻丰收在望。

要想田不瘦，年年要种豆。

油菜籽，圆又圆，含油多，饼肥甜。

一年油菜，肥田三年。

7. 虫

杀虫一条，保住百苗。

一亩不治，百亩遭殃。

除虫如除草，一定要趁早。

治虫没巧：治早，治小，治了。

人无疾病身体好，庄稼无虫长得好。

开春杀一个害虫，强过秋季杀千虫。

庄稼是哑巴，生来不说话，身上生病虫，靠人去救它。

蝗虫除光，粮食满仓。

玉米治虫很关键，接连治虫两三遍。

玉米长到喇叭口，防治蝗虫头里走。

见雨就提，见虫就治。

温度过十五，黑疤病菌满窖走。

棉花不治虫，有苗没有铃。

要想棉花好，治虫上粪勤除草。

种棉容易保苗难，见虫再防最危险。

五月棉花尖发红，赶快防治棉铃虫。

8. 收

细收要细打，颗粒要还家。

黄九成，收九成；黄十成，收十成。

八成熟，十成收；十成熟，二成丢。

连收连犁有三好，肥田除虫又除草。

晴天收后堆放再打，雨天谨防发芽。

麦收夹青，豆收响铃。

麦老无头，油老有角无油。

栽种要抢先，割麦要抢天。

麦和花生两亲家，收他也收他。

麦上垛，谷上场，豆子扛在肩膀上。

麦子芒种谷立秋，豆子秋分前后收。

六月六，看谷秀。

谷子上了场，豆子着了忙。

旱收芝麻涝收豆。

收扁豆就不收黄豆。

五月冷，一棵豆子打一捧。

清明不见冷，豆子好收成。

收豆不收豆，单看正月二十六。

黄豆打七遍，还够姑娘买针线。

收槐豆不收地豆，收地豆不收槐豆。

白露谷，秋分豆，花生收在寒露后。

八月八，收新花。

大雁来，拔花柴。

十收芝麻，不如半收棉花。

白露西北风，棉花好收成。

棉花不害羞，呖呖啦啦结到秋。

收花不收花，就看正月二十八。

六月十五开红花，七月十五拾棉花。

花见花，四十八；七月七，摘半斤。

春节麻雀叫喳喳，今年定收好棉花。

八月十五夜里晴，来年春花好收成。

阴收油菜晴拾花，晨收油菜和芝麻。

百粒芝麻一片，收拢起来一篮。
油菜断花，一月多还家。
玉米成熟色叶干，及时收获不减产。
小满上炕土脚叶，夏至前后大炕烟。
时间不等人，烟熟不等炕；宁叫炕等烟，不叫烟等炕。
麦熟一晌，蚕老一时。

9. 值

一麦顶三秋。
麦收半年粮。
千金难买一茬麦。
一麦抵三秋，午季失败半年丢。
小麦子，两头尖，人来客去它当先。
无豆不过年。
豆子用处大，国需民食离不了它。
庄稼人不种高（粱），一没吃来二没烧。
庄户人家种秫秫，十有八九成财主。
一亩红芋三亩谷。
春冬饭，红芋抵一半。
家有三红，肚皮不空。
一季红芋半年粮，坏了红芋饿断肠。
斤花丈布。
一亩棉，三亩田。
种棉养蚕，不愁无穿。
种棉花，有益处，年年种它自然富。
棉花地，聚宝盆，种它吃穿不愁人。
百斤芝麻千斤谷。

（二）林业

种树如种粮。

种树胜过栽花。

爱听鸟语多种树。

栽一棵树，造一片福。

前人栽树，后人乘凉。

前人种树，后人得福。

植树造林，利国利民。

实现林网化，大地披绿装。

实现林网化，灾荒也不怕。

留得青山在，不愁没柴烧。

树木人间宝，吸氮吐氧环境好。

森林是活宝，雨多能吞，雨少能调。

前三年不如种粮，后三年不如栽树。

家栽百棵桐，十年变富翁。

家栽百棵桐，一辈不受穷。

沙地栽柳树，强似喂母猪。

沟河成林带，给钱也别卖。

泡桐像把伞，三年能锯板。

紫穗槐，农家宝，当肥料，可编作。

大观杨，长势强。

三年做檩，五年做梁。

一棵槐树一把伞，一棵柳树一眼泉。

高楼好盖，大树难成。

百年树人，十年树木。

正月栽竹，二月栽木。

栽竹无时，雨后即移。
栽树没有时，只要树不知。
高山松柏核桃沟，沟河两岸种杨柳。
家栽槐树路栽杨，柳树栽在沟塘旁。
槐树骨朵柳栽棍，杨条入地就生根。
杨栽小，榆栽老。
桑栽鼓肚槐栽芽。
栽树不整地，等于白出力。
人不在人眼下，树不在树底下。
树无根不能活，草无根不能发。
三分造，七分管。
榆要稠，槐要稀。
泡桐有三怕：积水、地板和碰打。
三分栽树七分管，管理不到不成板。
病虫防治是一点，治早治小在时间。
一时造林长期管。
栽是前提，管是关键。
栽树容易管树难。
只栽不管难使钱。
要想富，多种树。
林中生万物，造林如造福。
编筐打篓，养活两口。
只要青山在，哪怕无柴烧。
椿，楝，洋槐，发芽再栽。
柳树没有根，只要栽得深。
人怕伤心，树怕伤根。
树大自直。
椿老如槐，槐老如柴。
桃三杏四梨五年，枣树当年就还钱。

樱桃好吃树难栽，好面好吃磨难捱。

果子年年收，树要年年修。

要想多吃梨，冬天石灰刷树皮。

七月核桃八月梨，九月柿子老红皮。

杏伤人，桃养人，李子树下抬死人。

小枣要晒，大枣要冻。

九尽花不开，树果压塌街。

三月三，起大风，十棵果树九个空。

（三）牧业

养牛养冬膘。

马无夜草不肥。

三九四九，保护好耕牛。

冬牛不瘦，春耕不愁。

牛有千个力，不能一时逼。

草长不过寸，牛吃更有劲。

寒天不离牛房，夏天不离水塘。

人打喷嚏牛倒沫，就是有病也不多。

草水喂到，胜如吃料。

寒不勤喂，春不得力。

二寸过三刀，没料也上膘。

寸草铡三刀，无料也上膘。

饮后不打滚，喂后不加鞭。

上买一张皮，下买四个蹄。

不种百亩田，不给骡马缠。

驴发情嘴拌，牛发情吊线。

牛配叫，羊配跳，驴配呱嗒嘴，狗配跑断腿。

（四）副业

纺车响，饭菜香。
养鸡没巧，窝干食饱。
养蚕无巧，食少便老。
栽桑种桐，吃穿不穷。
编筐打篓，顾住两口。
喂猪喂羊，本短利长。
喂猪不赚钱，回头望望田。
人吃饱要游，猪吃饱要囚。
猫三，狗四，猪五，羊六。（繁殖）
牛发情吊线，猪发情跑圈。
一分好地产一千，一分手艺养十口。
鸡鸡，二十一；鸭鸭，二十八；鹅鹅，一月才伸脖（孵）。

（五）园艺

一亩园，十亩田。
要想富，栽果树。
铁果园，不缺钱。
歪桃正梨。
麦子上场，核桃满瓤。
深栽茄子浅栽葱。
霜降不出葱，越长就越空。
头伏萝卜二伏芥。

拔出萝卜就种葱，湾头地角勿落空。

地边四角不要丢，种下蔬菜也有收。

处暑萝卜白露菜，秋分种大蒜。

无钱莫上街，无肥莫种菜。

（六）农具

三分农艺，七分农具。

农具不缺，方种庄稼。

若要种好田，农具拾掇全。

农具样样宝，随时保管好。

农具保管好，生产有依靠。

冬时收拾春耕用，明年增产立新功。

犁耧锄耙，要啥有啥。

农活没巧，农具不少。

（七）烟叶

地膜育烟苗，苗壮可栽早。

立春育苗，清明栽好。

育苗没巧，地膜抓早。

宁栽清明土，不栽谷雨泥。

打顶不见花，见花质量差。

烟生象鼻虫，就怕敌百虫。

（八）瓜菜

干菜晒成筐，不怕年景荒。
生地茄子熟地花。
栽蒜见“九”，见“九”独头。
八月十五种大蒜，一头能长十八瓣。
三月三，南瓜葫芦地里安。
清明前后，种瓜种豆。
头伏萝卜二伏芥，三伏里头栽白菜。
天九尽，地韭出。
深栽茄子浅栽葱，白菜埋心可不中。
萝卜不填房，丝瓜萝卜坐高床。
萝卜锄三遍，给梨也不换。
河里凌响，萝卜还长。
打春萝卜，立秋瓜（不好）。
苔下韭，谢花藕。
生姜老的辣，甘蔗老的甜。
八月藕，六月花，七月菱角收到家。

（九）禽畜

种地没有牛，是个夜夜愁。
家有一窝猪，不愁盖瓦屋。
马提三缰水，牛吃沫后草。
上草压下草，牲口吃不饱。

有料无料，四角拌到。
牛吃三九，马喂三伏。
人瘦面黄，马瘦毛长。
催鞭骡子拢缰马，黄牛咋呼不用打。
不怕使十天，就怕猛三鞭。
能拉十步远，不拉一步喘。
铁驴，铜骡子，纸糊的马。
马叫把毛抖，医生不用瞅。
驴常打滚牛倒沫，就是有病也不多。
驴十二，马十一，黄牛下犊二百七。
猪孕一百一十五，早晨不生等下午。
栽花不如种菜，养鸟不如喂鸡。
树叶落地，鸡瘦羊肥。

（十）蚕桑

栽桑养蚕，穿绸不难。
男采桑，女养蚕，四十五天能见钱。
养蚕要防蝇，不然白费工。
宁叫蚕老叶不尽，不让叶尽蚕不老。
蚕老椹子里，芒种收大麦。
三月三，起大风，养蚕姑娘一场空。

（十一）花卉

黄梅早，红梅迟，花开花落有定时。
谷雨过三天，园中有牡丹。

花无重开日，人无返少时。
花美在外，人美在内。
人无千日好，花无百日红。

（十二）鱼

深水如高楼，层层有鱼游。
深山住猛虎，深水藏大鱼。
水过清无鱼，人过直无友。
河里无鱼市上看。
三天打鱼，两天晒网。
放长线，钓大鱼。
紧扒鱼，慢扒虾，不紧不慢扒蛤蟆。

八、其他类

（一）综杂

谚语出自心中，花草出自山中。

水滴攒多盛满盆，谚语攒多成学问。

多一事不如少一事。

天塌压大家，不砸咱自家。

人情留一线，日后好见面。

不说好，不说坏，谁也不见怪。

不骑马，不骑牛，骑个毛驴中间走。

睁只眼，闭只眼，少管闲事少风险。

知荣知辱紧闭口，谁是谁非暗点头。

爱听鸟语多栽树，怕惹蜂蜇少种花。

有钱能买驴上树。

有钱能使鬼推磨。

人为财死，鸟为食亡。

亲归亲，财帛要分均。

亲友别共财，共财两不来。

光棍丢钱不丢人，眼子丢人不丢钱。

寡妇门前是非多。

头发长，见识短。
红颜薄命。
天字出头夫当家。
家丑不可外扬。
人怕出名猪怕壮。
人走时运马走膘。
从小看大，三岁知老。
有小不愁大，没有指望啥。
好人不长寿，祸害一千年。
人心高过天，当了皇帝想成仙。
心字头上一把刀，忍来忍去称英豪。
运来时扁担开花，倒霉时生姜不辣。
船遇顺风跑似马，人走时运事事成。
脱坯打墙，活见阎王。
前人扬土，后人失明。
人是衣裳，马是鞍装。
光棍不带钱，眼子不带刀。
光棍不要剑，只要长得像。
光棍门前亮堂堂，眼子门前高打墙。
张王李，把眼挤，你哄我，我哄你。
啥贵不吃啥，谁厉害不惹谁。
七十三，八十四，阎王不叫自己去。
富贵生淫心，饥寒生盗心。
红芋饭，红芋馍，离开红芋不能活。
要吃还是家常饭，要穿还是粗布衣。
外财不富命穷人。
胡芹减酒宴嘉宾。
上有天堂，下有苏杭。

红芋周身都是宝，淮北人民离不了。

王海瓜，去了皮，气死砀山黄酥梨。

观堂烟叶刘集蒜，福案菠菜不要面。

秦大园的萝卜观堂的蒜，马楼的粉皮儿煮不烂。

要得暖，椿头大似碗。

知了叫一声，豆子吃一惊。

（二）消极

吉凶祸福由天定。

种在地，收在天。

生死由命，富贵在天。

三分人事，七分在天。

安分知命，顺时听天。

心比天高，命如纸薄。

谋事在人，成事在天。

千算万算，不如老天一算。

人的命，由天定，胡思乱想不中用。

人叫人死天不肯，天叫人死活不成。

老天叫人吃四两，你就别想吃半斤。

想富想贵谁想贫，由天由命不由人。

不信鬼神，出不了远门。

不怕不信神，就怕家里有病人。

乌鸦当头过，无福必有祸。

猫头鹰，梁上卧，一福压百祸。

猫头鹰，进宅子，不死大人死孩子。

阎王叫你三更死，谁能留你到五更。

头大额头宽，长大必做官。
万事皆由命，半点不由人。
命里穷，总是穷，拾到黄金变成铜。
命里有，送到手，何必谋计到处求。
命中无儿难求子，若要强求命该死。
婚姻五百年前定，不是姻缘别强求。
天明就醒，生就穷种。
挨黑就睡，荣华富贵。
事大事小，一走就了。
坏话少开口，遇事绕道走。
好铁不打钉，好男不当兵。
好要好出格，坏要坏透顶。
女人当家，房倒屋塌。
女人不上场，上场不打粮。
骡子不上阵，女人不掌印。
夜晴不算晴，妇女当家事不成。
驴驾辕，马拉套，老娘儿们当家瞎胡闹。
头生是妮子，养倒屋脊子。
草木灰不能上墙，生闺女不能养娘。
生贵子，坐八抬；生闺女，穷命来。
好马不配双鞍，好女不嫁二男。
十个花花女，不顶一个踮脚男。
男子胳膊伸一伸，顶上妇女干一春。
窗再大，不是门，闺女再多不算人。
媳妇儿是墙上的泥皮，走了旧的换新的。
娶来的媳妇儿买来的马，任人骑来任人打。
老婆是别人的好，孩子是自己的好。
左眼跳财，右眼跳挨。
昂脸老婆低头汉，青头萝卜紫头蒜。

（附录：一版名单）

搜集者

魏建功　杨　明　郭修文　王廷彦　张超凡
邓惠清　慕樵林　李绍义　王之洲

亳州市民间文学集成编辑领导小组
（1988 年 8 月）

组　　长　刘庆之
副 组 长　王进铨　牛长春　杨　明　张家柱
成　　员　郭修文　马德昭
办公室主任　马德昭

亳州市民间文学集成编委会
（1988 年 8 月）

主　编　杨　明
副主编　郭修文
编　委　马德昭　王廷彦　张超凡

《亳州谚语》

执行编辑　王廷彦　张超凡　慕樵林

后记

掩卷沉思，一些遗憾情绪油然而生。

编一套《谯城文艺丛书》，虽蕴酿已久，但进入操作阶段的节奏，却骤然而至，匆匆而就，不容精雕细琢。

原因是多方面的。

技术层面的问题不说，时间的紧迫性是主因。真的来不及反复推敲文字，甚至来不及设想一些与文字匹配而生美感的图画。

当然，学识不足，是主要原因。

编一套文艺丛书，需要深厚的学养，需要从矿山里慢慢掘采，需要广征博引，需要披金捡沙，需要才华，需要大团队互相支撑——这一切，都受限制。

所以，只能含着深深的歉意，在书后表示愧赧之情，尤其欢迎批评指谬，或者在将来的类似工作中可以作为路标，少走一些弯路。

这，也许是有益的经验。

张超凡

于丙申年小寒节后